ぼくから遠く離れて

Tsuji Hitonari

辻 仁成

幻冬舎

ぼくから遠く離れて

装丁　著者
モデル　ｍｏｃａ
撮影　鶴木鉄士
製作協力　ＪＴコミュニケーションズ
菅間理恵子

プロローグ

すべては一通のメールからはじまる。真夜中、真っ暗な部屋に、パソコンの液晶画面の光りだけが青白く灯《とも》っている。君は、受信トレイの新着メッセージの中に、見慣れないメールが交じっているのを発見する。送信者の Key《キー》 なる人物に心当たりはない。件名には、安藤君への初メール、とある。セキュリティにひっかかっていないので、迷惑メールでも、勧誘のメールでもなさそうだ。君は用心しながら、件名の上をクリックした。待ちかまえていたように、液晶画面上にメッセージが浮かび上がる。


『はじめまして、安藤光一《こういち》くん。

私は Key。

いつも、遠くから、君のことを見ています。

見守ってきた、と言った方がいいのかしら。

まだ自覚はしていないようですが、君はきっと、君自身の人生に不満があって、その人生を変えてみたい、もしくはこのままじゃダメだ、と思っているのじゃないでしょうか？

私はそのお手伝いができると思っています。

Key』

1

「気をつけなよ、それ、ぜったいカルトの勧誘だって」

　バイト先の先輩、滝本良子《りょうこ》に君は真っ先に相談した。

「やっぱり？」

「返信とかしちゃだめよ。君子危うきに近寄らず」

　テキパキと仕事をこなす滝本良子に君は時々、日々のたわいもない悩みを相談している。滝本良子は、簡潔な言葉でいつもこたえる。リストラにあったばかりのご主人に代わってアルバイトをしている、と身の上を聞かされたことがあった。子供はいない。君は一度、夫婦が国道沿いのファミレスの窓際の席にいるのを目撃したことがある。夫の表情は暗かった。妻は背を丸め黙々と食べていた。年齢はわからないが、四十歳前後ではないか、と想像した。きっと自分の母親と同世代か少し下。滝本がKeyだったら、と考えてしまい、君は、思わず苦笑する。

「この世界、人の弱みや孤独に付け込んでくる連中ばかりだからね、光一君、気をつけるように」

　滝本良子は話しているあいだ決して目を合わせようとしない。厚めのレンズのメガネをかけているせいもあって、視線が合ったことがない。合ってもすぐに逸《そ》らされてしまう。人生に対して不意に熱弁をふるうことはあったが、滅多に笑わないし、持て余した時間を埋めるためだけの冗談などは口にしない。


『こんにちは、Key です。

私が誰か、詮索《せんさく》していることでしょう。

とりあえず、まだ今はそのことは重要ではありません。

いずれ、私はあなたの前に現れるのですから。

それよりも、私は君の中に眠るもう一つの才能を見抜いています。

かなり大げさに表現するならば、人々を和ませ、人々の価値観を変えて、この退屈な世界の在り方を若干軌道修正させる力、とでもいうのかな。

とはいえ、超能力やオカルトの話ではありませんよ。

誰でもやろうと思えばできる、ささやかな変身の力。

でも、残念なことに君は君のその能力の存在にまだ気づいていないようです。

もし、興味があるならば、私は君の人生をそこではなくもっと豊かで解放された楽しい場所へと押し上げることができるのですが……。

どうする?

Key』

君の元に再びKeyからメールが届く。新しいメールは最初のものより強い緊張を君に与え、さらに強く心に訴えかけてくる。友達の決して多くない君にとって、これはとっても奇妙な出来事といえる。君は何度も何度も繰り返しメールを読んだ。気味の悪いメールなのに、なぜか、削除することも、受信を拒否することもできない。君自身この人生におけるこのささやかな事件を訝《いぶか》っていながら、同時に、楽しんでいる節がある。いったい、このKeyとは誰？　最初のメールには「見守っている」と書かれてあった。見守るということは割と近くにいる人物？　クラスメイト、サークルの関係者、あるいはアルバイト先の誰か？　メアドを交換したことのある人物について、記憶を辿《たど》ることになる。

「へえ、面白いじゃん、それ題材に小説書きゃいい。小説家はなんでも題材にしないと」三歳年上のクラスメート、黒岩聡《さとし》は言う。君たちは一号館裏にある自動販売機前のベンチに並んで腰掛けている。同級生なのに年上だからか、君は時々、取るに足らないどうでもいいような人生相談を持ちかける。滝本良子との決定的な違いは、同性だからか、黒岩には性的な悩みの相談が多い、という点。小説家に憧《あこが》れ、黒岩は国立大学を中途でやめ、この大学の創作科に編入してきた。あらゆることが創作の題材になる、と言って、交際中の恋人との性関係を、しかも実名で、あからさまに暴露した作品もある。君は、もしかするとこの黒岩こそがKeyかもしれない、と想像を巡らす。

「その送信者はものすごく自分に近いところにいるような気がするんです」

「なんでそう思うの？」

缶コーヒーを飲み干してから、黒岩聡がぶっきらぼうに言った。

「勘です。意外な人物」

黒岩が微笑《ほほえ》み、そりゃ、願望だよ、と言う。

「こういうことには過度な期待は寄せない方がいい。がっかりするだけだ。まあ、作家にとっては大事なことかもしれないけど、でも、妄想と想像の違いには気をつけて！」

ベルが鳴ったので、君たちは慌てて立ち上がり、階段を駆け上がった。光りが眩《まぶ》しくて一瞬眩暈《めまい》が起きた。先を行く黒岩の俊敏さに君はついていくことができず、長い階段の途中で一度立ち止まり、肺で呼吸をしながら、眩《まばゆ》い光りに目を細めた。


大学に入学して三年が過ぎた。君はとくにこの大学を志望したわけではない。そもそも大学で何を勉強すればいいのか、将来何になりたいのかわからず、とりあえず、唯一受かったこの大学の創作科に籍を置いている。小説なんてものにまったく興味がなかったのに、小説家を養成する学科のゼミ生になってしまったことがそもそもの間違い、と気がつくのは、長編小説の執筆を開始した直後のこと。ゼミを選択する時に、なんとなく小説のようなものを書いて提出したら、評価され、どうしてあんな駄文で選ばれたのか、と奇妙な劣等感につきまとわれながら、小説らしくない文章を書いては、日々をごまかしている。自分以外のゼミ生は全員作家志望。彼ら彼女らの真剣さの中で一人ぽつんと置いてきぼりを感じ、居場所のない教室で、いつも眠気を堪《こら》える毎日。とりあえず、大学の四年間で何かを見つければいい、と思って、君はそこにいるにすぎない。

堀内教授が講義しているあいだ、君はメールの送信者について想像を膨らませている。疑えば知り合いすべてがKeyに思えてくる。メールが届いてから、君の世界は一変した。君は物憂げな視線で窓外を眺めている。排気ガスのせいで、晴れているのに青空とはいえない曖昧《あいまい》な色合いの空を旋回する灰色の鳥ばかりが見える。ガラス越しに、淡い秋の光りが降り注ぎ、顔の輪郭を柔らかく縁どる。君は、羽ばたきたくとも羽ばたくことのできない今の自分を鳩の群れに重ねながら、癖のように、ため息を漏らす。

「君の番よ」

気がつくといつもなぜか横に座る椎名加奈子《しいなかなこ》が指摘する。おろおろしていると、椎名加奈子に代わり、教授が言った。

「安藤君は今、どういう作品に取り組んでるのかな？　創作の段階で悩むことや迷ってることがあれば言ってみなさい」

ゼミの学生は全部で五人、黒岩聡と君以外はすべて女性である。ゼミ生の中でも割とよく話をする椎名加奈子がKeyである可能性を君は疑わないわけにはいかない。二年生の時に、加奈子から個人的なラブレターのようなものを貰《もら》ったことがあった。のようなもの、と君が思ったのは、そこには何も具体的なこと、好きだとか、付き合ってほしい、だとかは書かれてはいなかったたから。ただ、彼女は君のことを空想し、散文詩のようなものを書いたにすぎないし、ラブレターだと思ったのは、内容が愛についての詩だったから。その後、今日までに、新たな手紙を貰ったことはない。でも、Key からのメールと加奈子の散文詩には共通する部分がある。前の散文詩のような手紙のタイトルが「君ではない本当の君」であった。そして、どうしてか、いつもゼミの時には、横に座る。

「ええと、一つの作品の中で何回くらいまで奇跡を起こしてもいいものなのでしょう?」

冷ややかな笑いが起こる。堀内教授はいい質問を得たという顔でゼミ生を見回し、入口付近に座る中島敦子《あつこ》を指さした。中島は君をじっと睨《にら》みつけ、

「奇跡なんか起こしちゃまずいでしょ。それも一つの作品の中で何度も」

と小馬鹿にする口調で指摘した。

中島の口ぶりはいつだって筋肉質で男っぽい。君は女性らしい格好、可愛《かわい》らしい今風の服装をした、中島敦子を見たことがない。無頼という言葉が似合うキャラクター。彼女の小説はまさに彼女の外見に相応《ふさわ》しく、同年代には絶対に真似できない硬質で濃密な文体で紡がれており、堀内ゼミの中では唯一文芸雑誌の新人賞の候補作にもなった。君は Key が中島敦子だったら、と想像して思わず相好《そうごう》が崩れる。

「安藤の小説はいつも都合よすぎる。前期の短編だって、死んだ主人公が生き返ったり、なんだか都合のいいように登場人物を動かしている。純文学とはいえませんね」

堀内教授が頷《うなず》きながら君の顔を覗《のぞ》き込む。意見を求められている。でも、君はなんと返せばい

いのかわからない。愚かな質問をしたことを後悔しているし、第一、そんなことを訊《き》きたかったわけでもないのに。

「じゃあ、偶然もだめですか？　現実にだって、偶然はたくさん起きます」

「安藤、読者に、嘘《うそ》くさい、と思わせたら作家の負けなのよ」

中島敦子は男子を呼び捨てにする。君が黙っていると、中央に陣取っているもう一人の女性、井上ことみが君を振り返ることもなく、意見した。

「あの、安藤君の小説は純文学じゃないんだから、奇跡くらい起きたっていいんじゃないですか。第一、純とか、自分で名乗っている小説くらい嘘くさいものはないと思います。わたし、純文学とか嫌い」

一同から笑いが起きて、君は少し救われる。中島敦子を見ないように、君はくすりと微笑む。井上ことみは君と同じサークル「月の会」に所属している。接点で言えば、この五人の中でいちばん君と付き合いの長い人物だが、不思議なことに、君は彼女のことをよく知らない。事務的な連絡はよく受けるけれど、押しつけるように手渡される彼女からの情報に彼女自身のプライベートなことは一切含まれていない。それに君は彼女が好んで描く少女小説が苦手だ。井上がKeyであったなら……。

「なに？」

井上ことみが言った。

「別に」

「何よ、ひとの顔じっと見て。何か言いたいことがあるならはっきり言ってください」

「ごめん、そうじゃなくて、あの、『月の会』やめようかな、と思ったからさ」

ことみの眉根《まゆね》がぎゅっとにじり寄る。

「どうして？　どうせあと一年ちょっとで卒業だし、後輩にバトンタッチするだけなのに。やめる必要なんてある？」

「あ、もしかして、やめてほしくない？」

「別に。それは安藤君の自由だから、引き留める理由もない」

井上ことみはそう言い残して君の前から姿を消した。三年間、一緒にサークルに在籍していながら、たぶんはじめて、個人的な相談を持ちかけたというのに、あっさり。でも、と君は想像をする。だからこそ、Key の可能性もある。送りつけられてきたメールには、今までずっと君のことを見てきた、と書かれてあった。今まで、という一言がとても気になる。


昼休み、君は生協でおにぎりとサラダを買って、大学の中庭で一人食べた。送信者がやはり自分のすぐそばにいるような気がしてならない。中庭で昼食をとる学生たちを眺めながら、誰かが自分を罠《わな》にはめようとしているのかもしれない、と考える。滝本良子が言うように、宗教の勧誘とか、あるいは政治結社の誘い。いろいろな思惑というものがこのキャンパスには張り巡らされている。メールのもったいぶった言い回しにはどこか罠を仕掛ける者の意図が見え隠れもする。

「やめんの？　さっき、井上から聞いたんだけど、なんで？」

放課後、文連ハウスの部室に顔を出すと、「月の会」の部長でもある白砂緑《しらすみどり》は開口一番、ぶつけてきた。一年生の時に、白砂緑に声をかけられたことが入部のきっかけであった。月に心惹《ひ》かれる人にはぜひ入部してほしいんです、と言いながら、白砂緑は爽《さわ》やかな笑顔で近づいてきた。まもなく君は白砂と関係を持つ。君にとって白砂ははじめての女性だったが、白砂にとってははじめての男ではなかった。恋人かどうかはっきりとしないまま肉体的な関係が続いて、ある日、それは二年生の夏休みのことだが、君たちは不意に別れることになる。緑の二股《ふたまた》が発覚、交際相手、中年を匂《にお》わせる少し暗いイメージの男性、当時三十八歳の会社員、と君は白砂のアパートで鉢合わせしてしまう。別れる時に、白砂緑は君にこう言った。

「何もかも、きっと、二人には意味があったのよ」


君のMP3にはもうずっと長いこと、ニルヴァーナが入ったままで、それはばかり聴いている。二十七歳の時にショットガンで自分の頭を打ち抜いて涅槃《ねはん》に渡ったカート・コバーンの歪《ゆが》んだ歌声が好き。君はできる限り大きな音で聴くようにしている。表情も変えず、頭を振ることもなく、じっと、世界というものを見つめながら。二十世紀の終わりの方で活躍したグランジ・ロックのバンドだが、彼らのサウンドは時を超えて今の君にぴったりと寄り添ってくる。叩《たた》きつけるような激しい演奏と、薄汚れた声とメッセージが、心地よい。吐き出すことのできない心の叫びを君に代わってカート・コバーンが歌う。テレビを見ない、雑誌も読まない、君にとってこの音楽が気分を変えるいちばんの道具でもある。カート・コバーンが自分の頭をショットガンで打ち抜く瞬間の映像を見たことがあるような気がしてならない。永遠に繰り返される最後の瞬間、自分にもいつかそのような時が訪れるのだろうか。見えているもの、感じているもの、匂っているもの、触れているもの、繋《つな》がっているこの世界のあらゆることが、死後には関係がなくなるのだ。カート・コバーンは存在しないのに、彼の声がその頂点のまま自分の耳の中で再生されていることが、怖い、と思った。でも、死んでいるように生きている自分よりはましかな、と君はニヒルに考えて、悲しい苦笑を試みる。

夜、眩しすぎるコンビニに入る時に欠かせないのがニルヴァーナのグランジ。照明で眩く照らし出されたコンビニで真夜中に洗剤や飲料水を買う時にも、音楽が君を別世界へと連れ出してくれる。ここではないどこか、真夜中の明るいコンビニにいるというのに、君だけの違う世界へとニルヴァーナが導いてくれる。

その夜、また Key からメールが届いた。月の美しい晩だった。

『こんばんは。
光一君は君自身の本当の顔を知りたいとは思わない？

自分のない自分にがっかりすることない？
いつまでも自らに嘘をついて、君自身を演じているのに、疲れない？
私に委《ゆだ》ねてみない、もう一人の自分、の出現を。
Key』

『誰？』

君は我慢ができなくなり、迷った挙句、ついにメールを送り返してしまう。クリックした次の瞬間、ほんの少しの後悔と、扉を押し開けてしまった清々《すがすが》しさのようなものを同時に覚えた。
一時間ほどしてパソコンを覗くと、Key からの返事が戻っていた。

『やっと返信をくれたわね？
とっても嬉《うれ》しい。
ありがとう。
私の問いかけに反応したということは、君の心にひっかかるものがあったということ。
よかった、じゃあ、はじめましょう。
もう一人の君の存在を教えてあげるわ。
Key』

『悪戯《いたずら》ならやめてもらえませんか？　警察に届けることもできますから』

『いいえ、悪戯でも冷やかしでも冗談でも何かの勧誘でもありません。

私は確かに少しだけ卑怯《ひきょう》な方法で君に近づいています。

でも、そのことはいずれ君に理解してもらえると思っています。

私が、自分を持っていない君に本来の君の姿を教えてあげることができたなら、きっとその時、君は私を許してくれるでしょう。

Key』

大学内のトイレで、鏡に映った自分をじっと見つめる。自分を見つめるもう一人の自分。鏡の中の君は何かを言いたくてしようがない。何が言いたいのか、わかっている。わかっているくせに、言葉にはならない。そこにいるのは自分だけれど、それが本当の自分なのかどうか、正直、わからない。不意にドアの閉まる音がして、その次の瞬間、

「なに自分に見惚《みと》れてんだ？」

と背後から声がした。奥のボックスから堀内教授が出てきた。ひとの気配がなかったので、君は油断していた。ドアが開く音も水が流れる音もしなかった。君はどうやって取り繕えばいいのか一瞬わからず、なぜか、笑ってごまかす。

「まさか、自分に見惚れるだなんて……ありえないです」

教授は君の横に立ち、手を洗いはじめる。ちゃんと水の流れる音がした。この男はあの小部屋で何をしていたのだろう。自分が用を足しているあいだ、ずっとあそこに潜んでいたことになる。教授は洗い終わると背筋を伸ばし、ハンカチで濡《ぬ》れた手を拭《ぬぐ》いながら鏡越しに君の顔を見つめた。

「じゃあ、なんで自分を見てたの？」

「考えてたんです。先生、世の中には偶然が溢《あふ》れています。小説の中ではどうして偶然はいけないんですか？」

教授は微笑みながら、乾燥機で乾かしはじめる。機械のものすごい音が狭いトイレ内に轟音《ごうおん》をあげる。

「読者は疑《うたぐ》り深いからね。嘘を見破ろうとして読んでいる人たちを納得させるために、都合のいい出来事は禁物なんだ」

「でも、人間の一生は全部が偶然の繰り返しでできています」

堀内教授はじっと君の顔を覗き込んでこう告げる。

「もしも、どこかに君のことがとっても好きな人がいて、その人物はいつもそのことを言い出せずに遠くから見守っているとしよう。そういう人間と偶然二人きりになる場面があったとする、小説ならば、不意に話は前進するだろうが、現実はそうはいかない。言い出せない人間はずっと言い出せないまま、言われなければ気がつかない人はずっと気がつかないまま、終わることの方が多い。それが現実というものだ」

君は驚き、心の片隅でうろたえながら、目を丸くしてしまう。

「先生が、Key だったの?」

堀内教授は君を振り返り、

「キー?」

と不思議そうな顔で訊き返す。

「なんだそりゃ。カギのこと? 小説のカギ?」

別の学生たちがトイレになだれ込んでくる。不意に騒がしくなって、ついでに始業ベルが鳴った。堀内教授が小説内における偶然について語りはじめる。君の耳の中でさまざまな音が膨らみ、次にはもう何もかもが聞こえなくなる。


君は屋上に駆け上って、空を見上げる。いるはずの灰色の鳥も、太陽も、雲も、ない。拍子抜けするような青空が、そこに、ただ、ぽっかりと広がっている。君はまたしても考えてしまう。どうして自分には、こんなにも自分というものがないのだろう、と。

『光一君、
君には夢がない。
こうなりたいという目標もない。
まず、自分がないもの。

何もない。

からっぽなの。

なぜ生きているのかも、わからない。

どうしたいのかも、知らない。

毎日がただ過ぎているのを空《むな》しいと思いながらも、どうしていいのかわからずにいる。手立てというものがないの。

なんとなく毎日を生きている。

それでいいの？

そういう空白の自分から抜け出して、意味のある本来の自分に出会いたいとは思わない？

Key』

『その通りだから、反論はできない。自分のないぼくをあなたは遠くから見ていて、楽しんでるんですね？　ぼくを馬鹿にしてきっと笑ってるに違いない』

『馬鹿になんて、してないわよ。

でも、それでいいのかな？

心の片隅では、自分を変えたいって思ってるんじゃない？

もっと輝きたいって思うでしょ？

輝くことはできる。
君には素質があるもの。
私はそのお手伝いがしたいの。
はじめて君を見た時、この子にはすごい素質があるって、思った。
Key』

『何かの勧誘？　宗教だったら間に合っています。神様なんて信じてないから。まさか芸能界への誘いでもないでしょうけど、サークルへの勧誘とかダイエット食品の押し売りもお断りします。ぼくは別に変わらなくていい、ずっとこのままで……。ほっといてください』

『嘘よ、そのままでいいとは思ってないじゃない。
大学に行って、アルバイトして、アパートに戻って寝て、の繰り返し。
恋人もいないし、そのままでいいの？
大事な青春が終わっちゃうよ。
少しだけ、私に委ねてみない？
本来の君を見せてあげる。
Key』

『本来のぼく？　自分にだってわからないのに、どうしてあなたにわかる？　あ、もしかして、恋人紹介斡旋《あっせん》所？　言っときますけどね、自分の恋人くらい自分で見つけられます。こう見えても、けっこうもてるんだから。男らしく口説くことだって、たぶん、ちゃんとできるし』


『男らしさ？　そんなのナンセンスよ。

男らしさ、女らしさ、こんな無粋《ぶすい》で差別的な言葉、他にないわ。

自分らしさって言葉をみんなよく使うけど、自分らしさを知ってる人なんて本当にいるのかな。

自然体でいようって、言われたことあるでしょ？

でもね、実際には、人間なんてみんな不自然な生き物じゃない。

言葉に騙《だま》されないで、ごまかされないで、自分を知りなさい。

世界にただ一人の本当の自分を見つめなさいよ。

私はあなたを創造してみたい、と思っている。

外見も内面も全部作り変えてみたいの。

Key』

君は毎日、メールボックスをチェックした。気がつくと、Key の存在が、大きな位置を占め、他とは比較できないほどに、大事なものへとなりはじめている。ここまでずけずけと君の心の中に入り込んできた恋人や友達はいなかった。父でさえも……。君はキーボードを叩き続けて、まだ会ったことのないKeyと会話を続けた。どうせ、目標もない人生だし、この人に騙されてみるのも悪くない、と思いはじめてもいた。そもそも冒険なんて自分には無縁だったし。自分じゃない自分に出会うためには、それなりの何か大きな衝撃の中に飛び込まなければならない。大学三年。そろそろ具体的に未来を決めなければならないタイミングでもある。だからこそ、君は踏み出すことを考えはじめている。どこへ？


『そうね、まず、その光一という名前を変えることからはじめましょうか。

少し、大きな変化を体現するためには、現実的じゃない名前の方がいいわ。

実はもう決めてある、昔から、そうね、はじめて君を見た、会った時から、いや、その少し前から、私は君にこの名前を授けたいと思ってた。

アンジュ、天使という意味のフランス語よ、どう、気に入った？

アンジュとして生まれ変わってみない？

変身が終わるころ、君は新しい自分と出会うことになる。

どうせ、自分がないんだから、びくびくする必要もない、遊びだと思えばいいわ。

退屈で、何も起こらないこの日々に冒険心を持ち込む。

怖いかもしれないし、多少のリスクを伴うかもしれないけど、でも、スリリングだし、君の人生における革命的な出来事のはじまりよ。

Key』

『アンジュ？　でも、なんでアンジュなの？』

『だって、光一って名前じゃ、女の子にはなれないでしょ？

君を女の子にしてみたいのよ。

可愛らしい、だけれども、美しい女性に。

君は、気がついていないかもしれないけど、十分に可愛い女の子に変身することができる。

もちろん、男の子としてもかっこいいことは知っている。

でも、絶対に化粧が似合う。

化粧をした君のことを、光一君とは呼びたくないじゃない、女の子の名前が必要になるのよ。

私はずっと前から決めていたの、アンジュ。

君の唇にルージュを引いてみたい。

Key』

君はかつて白砂緑の部屋で口紅を塗られたことがある。当時流行の薄桃色のルージュであった。緑は笑いだした。似合うわ、と言いながら、どこからかウイッグを持ち出してくると、それを君の頭にかぶせた。やだ、やっぱり、チョー似合う。ぜったい似合うって思ってた。見て、すごいから、ほら。手を引っ張られ、鏡の前に連れていかれると、その中に、今まで見たことのない人間がいた。誰だろう、と最初思った。長い髪が頬《ほお》を隠し、目の半分が覆われ、口紅の塗られた唇だけがはっきり輪郭を縁どって存在していた。ウイッグは僅《わず》かにずれていて、口紅も唇からはみ出しているけれど、確かにそこに自分ではない自分がいた。白砂緑こそが Key かもしれない、と君は思った。あの日、二人は絡まるようにして冷たい床の上で抱き合った。口紅を塗ったまま、白砂緑とキスを繰り返した。それは今までのキスとは比べモノにならない、まったく異なる刺激を伴ったもの。唇と唇のあいだにリップの滑らかな膜があって、双方の薄膜がこすれるたび、君の頑《かたく》なな心をくるんでいた頑強な鎖が引きちぎられていくのを感じた。いつもは自分が男としてリードしなければならないのに、その時だけは白砂緑が上になった。彼女は面白がって、君のことを、光子、と呼んだ。可愛いじゃない。とっても似合うわ。そう言いながら、緑は硬くなった君自身を上手に彼女の下半身の中へと導き、沈めた。

「ねえ、不思議な気分がする。あなたはまるで女の子みたい。私、女の子としてるみたいよ」

「ふざけるな」

「でも、ほら、こんなに可愛いし、感じる」

男でなければならない行為が逆転し、自分が受け身になった時、君は長いこと背負わされていた性の呪縛《じゅばく》から僅かながら解放された。男としての恥じらいは残っていたが、男をことさら誇示することも、無理して男らしく勃起《ぼっき》させなければならないこともなく、緑の肉体と自然に同化することができたことを、気がつけば、受け入れてもいた。

「ねえ、光一んちにあったエッチなDVD、ほら、黒岩に強引に渡されたっていう、一緒に見たやつあったじゃない……男って、……女の裸で単純に興奮するじゃん？……でも、女は……ちょっと違うのよ、知ってた？」

白砂緑は腰を振りながら、とぎれとぎれに、言葉を吐き出す。

「裸のAV男優なんかに興奮したりはしない。……女は犯されている女優の方を見て、……それを自分と重ねて、興奮する生き物なの」

君はその時、女装をされ、緑に犯されている自分の滑稽《こっけい》な姿を想像してしまった。緑は君に跨《また》がり、まるで肉食の動物のように、腰を振っている。屈辱的なその関係が君を興奮させている。

『君は緑だろ。こんなことできるの、やっぱり緑しか考えられない。こういう悪戯、品がないよ。不愉快だ』

『アンジュ、
残念なことに、私は緑という女性ではない。
君はもしかすると、緑という女性に女として扱われた経験があるんだね？
緑さんは私と同様、君の中に、特殊なジェンダーが眠っていることに気がついた。
たぶん、そうに違いない。
それならば、話は早い。
どうだった？

その時、君は君自身の中に眠るもう一人の自分と遭遇したんじゃない？
その時のことを話してごらん？
話したくなければ思い出してみて……。
ほら、決して、嫌じゃなかったはず。
それよりも、違ったものを感じなかった？
押しつけられてきた既成概念が壊れた瞬間だったんじゃない。
Key』

『ばかばかしい。ぼくを女にするだなんて。ぼく自身思ったこともないことを、できるわけがない。もう、メールはしません。二度とメールしないでください。さようなら』

『待って、アンジュ！
変わりたくないの？
その退屈な人生から踏み出したくない？』

『ぼくはアンジュじゃない。あなた、誰？』

『私はKey。

もう一度言います。
アンジュ、君は私によって創造されるのよ』
『ぼくを創造する？　悪いけど、ぼくはあなたの奴隷じゃないし、それくらいの自分なら持っています。どうやって、あなたはぼくを変えるつもり？』

『強制女装で』

その単語が君の脳裏から離れなくなる。暴力的で危険で決して近づいてはならない響きを放っていた。メールを開かないようにするため、君はパソコンの電源を抜き、蓋《ふた》を閉じ、玄関のドアに鍵《かぎ》をかけた。でも、だからといって、送信者を受信拒否リストに追加することはしなかったし、削除もやらなかった。一時的に、逃げたにすぎない。怖かったし、強制女装という言葉に惹かれている自分に気がついてもいた。緑と抱き合った時の、あの不穏で、倒錯した世界のことを思い出しながら、君は目を閉じた。そこには、あの鏡に映る女性化した自分がいて、じっと、君のことを、君が抱えるその世界を、見つめていた。

「私じゃないよ、やめてよ、そういう言いがかり！」
白砂緑が「月の会」の部室で大きな声を張り上げながら、笑いだした。

「でも、悪くないじゃない。光一は確かに女装が似合うもん。あの時、本当に綺麗《きれい》だなって思った。ちゃんと女装したら、誰も、たとえばクラスメートでさえ、きっと君だって見分けられないよ。面白いじゃん。そこまで君の素質を見込んだ人がいて、変えられるって宣言してんだったら、一度くらい試してみてもいいのに？」

「お前だろ！」

「私じゃないって。そんなに暇じゃない」

君が俯《うつむ》いてしまったので、白砂緑は笑うのをやめて、君の顔を覗き込む。

「ねえ、もしかすると、それ、ことみかもしれない。あのね、ことみに前に一度、君に口紅を塗ったことがあるって話しちゃったことがあって……。ごめん、なんとなく、言っちゃったの。あの子、ほら、そういう小説書いてるし。珍しく、目の色が変わったのよ。ええと、安藤君だったらきっと綺麗だろうなって、きっと似合うだろうなって、感慨深げに言ってた。君のこと、あの子、好きなのかもよ。ありうる。ことみってものすごい空想家だし、君を見てる目、気がついてた？　普通じゃないもんね。こういうことって、犯人は普通、周囲の人間の中にいるものよ。だって君のメアドを知っている人間なんてたかが知れてる。友達の少ない君じゃん、冷静に考えれば誰がやっているのかすぐわかるはず。とにかく、まじで、私じゃないから」

緑は君よりもほんの少し背が高い。ハイヒールを履いているので、君は見上げないとならない。緑は逆に君を見下ろし、小首を傾《かし》げて、口元を緩める。

「ねえ、話は変わるけど、よりを戻さない？　やっぱり、君がいいな」

「あの人は？　援交の中年」

「やめて、誤解だから。小遣いなんて貰ったことないのに、勝手に決め込まないで。わたしは純粋にあの人が好きになっただけ、君と同時期に交際したのは神様の悪戯、悪かったとは思ってるけど、どっちも真剣だった」

「でもさ、自分で言ったんじゃん、支援してもらってるって」

「それは違う。一時期学費が払えなかったので、借りただけ。ちゃんと返しました。別れてから、何度か誘われたけど、もう関係はない」

君は、肩を竦《すく》めて、でも、今さら戻るつもりはないよ、と告げた。

「一瞬、年上の男の人に心が揺れちゃったのは事実だけど、今、冷静になってみると、君が大事だって、ちゃんとわかったの。ってか、悟ったのよ。君だって、ぜったいに、私のことが必要だと思う」

「よく、言うよ。光一は空っぽだから退屈だって、言ったくせに。また、付き合っても、同じことの繰り返しだと思う。君の性格、知り尽くしてるから」

「それは、私のセリフ」

「ぼくのどこがいいの？　なんにもない人間なのに？」

緑は君の腕を摑《つか》んで引っ張った。不意を衝《つ》かれ、君は緑の腕の中に抱きとめられた。その時、部室のドアが開いて、後輩が入ってきた。君は慌てたが、緑は動じず、君に口づけた。一年生の後輩と目が合う。緑は君を離さない。ぐいと押さえつけられる。押し返せば逃げ出せたはずなのに、君は動けなかった。一年生はお辞儀をして部屋を出ていってしまう。

「噂《うわさ》になる」

白砂緑から離れて、君は抗議した。

「いいじゃん。既成事実」

と、緑が男子のように、はきはき告げた。


君は放課後、井上ことみを呼び出し、駅前のカフェで向かい合った。ことみは今書いている小説の話をしはじめる。感情を表に出さず、たんたんと喋《しゃべ》るのが井上ことみの特徴。言葉を選び、それをきちんと自分のものにしてから、嚙《か》み砕いて吐き出す。目の色素が薄く、しかも、色白で頰全体にうっすらとそばかすが広がっている、だからか、透明な小魚を思わせる。この子がKeyである可能性を君は否定できない。逆にKeyであったなら、と想像をし、心臓が不意に速く動きだし、平たい君の胸を内側からドンドン叩きはじめる。

「どうしても主人公がもう一つ動きださないで困ってるの。光一君ならそういう時どうする？ 強引に物語、動かす？ それとも、回想とか、心理的な描写で？」

「わからない。ぼくはあまり小説上手に書けないから」

「そんなことない。好きよ、君の作品。ほら、一年の時に発表した掌編、あれ、秀逸だった。あんなの書けるんだから、書けないなんて思うのはおかしい」

「でも、中島敦子が言ってたじゃない。奇跡が起こりすぎて嘘くさいって」

「気にしないでいいよ。奇跡くらい起こるって」

「じゃあ、君も主人公に奇跡を起こさせればいいじゃない」

やっと目が合った。僅かに彼女が微笑んだような気がした。はにかむように、柔らかく。すると頰のそばかすが川面《かわも》を逃げる小魚のようにすっと揺れたかと思うと消えた。彼女が何かを考える時、顔全体がその意思に従うかのように。すぐに返事は戻ってこない。彼女の視線はしばらくのあいだ、テーブルの上の光りの反射の中を泳いでいた。

「奇跡は嫌いなの。何も起こらない世界が好き」

今度は君が笑う番。

「なんだ、そうか。やっぱり、君もぼくを馬鹿にしてたんだ」

「どうしてそうなるの？　私、個人的に奇跡を信じてないだけ。リアルなものが好きだし、ありのままの姿が好き。光一君の本来の姿が好きだわ」

本来の姿、というところで、二人の視線が再びぶつかり合う。君は緊張し、瞬《まばた》きさえできなくなる。Key が言った、本来の、という単語が脳裏を駆け巡る。

「……で、ぼくに女装させようと思ったわけだね」

井上ことみの顔が一瞬、曇った。君の体が心臓になる。鼓膜が引っ張られ、きーん、と遠くから金属的な音が聞こえてきたのと同時、他の音が遠ざかって消える。ことみの口元が動いたけれど、なんと言ったのか聞き取れない。え？　と慌てて君の口が動く。

「なんて言ったの？」

「光一君、今、女装って言った？」

君は黙る。ことみの口元が緩む。

「実はね、そういう小説を書いているのよ、今。君のような草食系の大学生が女の子に変身する話。君が女の子になるなら、とっても興味がある」

「はぐらかさないで、君はKeyじゃないのか？」

「キー？　なに、それ？」

目が合ったまま、時間が過ぎる。耳鳴りが遠ざかる。地平線の先へと音楽隊が遠ざかっていく。周辺から環境音が戻ってきて、不意に君はカフェの店内にいる自分を発見してしまう。

「ねえ、どうしたっていうのよ？　話してみて、興味ある。私が書きたい世界がそこにあるのかも。光一君、教えてくれない？」

珍しく、井上ことみが君の顔を覗き込み、わざとらしく、君にそう見えただけかもしれないが、あるいは可愛らしく、微笑んでみせた。

2

ポケットから鍵を取り出し、部屋のドアに挿し込んだ時、隣の部屋のドアが開いて、隣人の若い女性が顔を出した。こんにちは、と細く高音の、でも、僅かに掠《かす》れた声がした。同じ大学に通う四年生。古川という名字だが、名前は知らない。校内で時々すれ違うので、そのつど、笑みだけは送り合っている。一度、ボヤ騒ぎがあった時、はじめて言葉を交わした。一階は水浸しになったが、二階は奇跡的に無事だった。

「あ、ちょうど、よかった。荷物が届いていて、わたしが預かっています」

告げるなり隣人は部屋に戻り、大きめの紙袋を持って出てきた。手渡された荷物の差出人はあまり聞いたことのない通販会社である。

「なんだろう。ぼく、頼んでないけど。それに、どうして、古川さんに預けたんだろう。宅配便ってそんなことします？」

隣人は肩をちっちゃく竦めてみせたあと、でも、と言った。

「頼んでないのであれば、そこに問い合わせて、違うと言った方がいいです」

君は、どうしてこの人勝手に受け取っちゃうんだろう、面倒くさいなあ、と心の中で舌打ちする。彼女が荷物を受け取ったがために、通販会社に電話をして、これは間違いだ、と言わなければならなくなった。

「でも、代金は支払い済みだから、あなたが損をすることはないわ」

「そうなんですね」

「ええ、配達をした人がそう言ってました」

隣人は会釈をして、その場を離れる。ボヤ騒ぎの時、取り乱した彼女を一時的に君は部屋に招き入れた。火はすぐに消し止められ、安全が確かめられたあと、アパートの住人は部屋に戻ることを許された。廊下に佇《たたず》み、震えていたこの隣人に君は声をかけた。少しのあいだ、お邪魔してもいいですか、と頼み込まれた。年上とはいえ、女性を部屋にあげることに、僅かながら抵抗があった。でも、なぜか、君にしては珍しいことだが、ちゃんと話をしたこともない他人をしかも若い女性を部屋に招き入れることになる。しばらくのあいだ、君は隣人と時間を過ごした。その時、隣人は子供のころに火事で妹を亡くしたことを話した。

「妹の分まで自分は生きなきゃって思っているの」

隣人は何度も決意を繰り返し口にした。


自分の部屋に戻ると、君はパソコンの電源を入れる。それはいつもの習慣で、寂しさを紛らわすために普通の人がテレビをつける行動に似ている。この数日は受信トレイのメッセージを確認していなかったことを思い出した。待機画面はニルヴァーナのカート・コバーンの写真。ドラムセットに凭《もた》れかかるような格好の奇妙な写真。でも、その重力にあらがうような、ふざけてか、音に陶酔してか、今にも崩れ落ちそうなコバーンの写真が君のお気に入りなのだ。抱えていた紙袋をベッドの上に放り投げて、君は久々、受信トレイを覗いた。黒岩聡から、週末コンパをやるので顔を出せ、というメールに続いて、Key からのメールが目に飛び込んできた。

『アンジュ、
ちょっとは元気になりましたか?
荷物を送りました。支払いはすませてあります。
中身は君の変身道具です。
まず、最初のステップ。
頑張って変身してみてください。
でも、着替える前に、不精ひげは必ず剃《そ》るように。
じゃないと、鏡に映った自分にがっかりすることになるからね。
Key』

慌てて紙袋を開けると、化粧品の詰まったポーチ、ブロンドのウイッグと鮮やかな花柄のワンピースが出てきた。君は自分を持たないまま、ため息を漏らしてしまう。君はそれらを紙袋に戻し、そのままゴミ箱に放《ほう》り投げた。悪質な嫌がらせだ、と考え、怒りがこみ上げる。強制女装という響きが君の気持ちを逆なでする。ベッドに寝転がり、天井を見上げた。次の瞬間に、空っぽの自分が見えた気がした。こうやって怒っている自分の、その薄っぺらさにがっかりしながら、君は無機質な天井の曖昧な色合いを眺め続けている。アルバイトまで時間をつぶさなければならない。何をしていいのかわからない、こういう中途半端な時間がいつも面倒くさくてしょうがない。決められたこと、決められないこと、決めなければならないことが君の周囲に山積している。


「元気ないわね」

滝本良子が棚整理をしている君のそばに背後から近づき、告げた。

「さっき、ため息ついてたわよ。うかない顔して、どうしたの？　言ってごらん、私が相談にのってあげるからさ」

説明していいものか、君は一瞬迷う。クラスメートには相談できないことであっても、この人なら話をちゃんと聞いてくれるかもしれない。今まで何度か、仕事の合間に君は滝本に助言を求めた。そのつど、独断的だが的確ではっきりとした意見が返ってきた。一回りという歳《とし》の差が君には救いとなっている。同世代とも、親の世代とも異なる、経験者のアドバイスを滝本良子は持っていた。

「滝本さん、人生で何をしている時がいちばん楽しいですか？　どの瞬間に、幸福を感じます？」

滝本は驚いた顔で君を振り返り、吹き出した。

「なに？　君、人生の壁にでもぶち当たっちゃったの？」

「そっか、もしかしたらそうかも……」

君もつられて笑う。でも、心の底からではない。自嘲《じちょう》気味に口元が緩んだだけ。涙が出るくらい笑ったことなんて最近あったっけ？

「あのね、幸福なんて、そんなものないのよ。幸福なんて言葉に騙されちゃだめ。幻想にすぎないわよ。人間をなんとか生かして働かせ続けようと考えた誰かが、開発した強壮剤的な言葉にすぎない。幸福？　ハン、私の周囲に、真の幸福を手に入れた人間なんていないわ。いや、幸福そうな人はいる、でも、うわべだけよ。うちは、もうずっと夫と会話らしい会話もなし、でも、それって普通だと思ってる。そうね、あらゆることに期待しないことが私にとっての幸福、かな」

「じゃあ、一緒です」

「でも、光一君はまだ若いし、未来いっぱいあるじゃん」

「滝本さんだって、あるでしょ？　そんなに年齢、変わらないですよ。おばあちゃんみたいな言い方やめてください」

君はしゃがんで、雑貨用品が並んだ棚のいちばん下の段の整理を始める。滝本良子もしゃがんだ。二人はレジから見えなくなる。

「はっきり言っとくけど、幸福なんてものはない。人間は悲しい生き物で、生きれば生きるほどに辛《つら》くなるようにできてる。最高のことなんて、生涯に一度あればいい方。病気になったり、死んだり、挫折《ざせつ》することの方が圧倒的に多い。私はそういうことで一喜一憂はしない。リスクもなければ、勝利もない。そういう感じ」

「じゃあ、何が楽しいんです？」

「大きなことは求めない。ささやかな幸せ、手が届く程度の喜びを追いかけてる。おいしいラーメンを食べるとか、宝くじを買うとか、夫に隠れて若い子と寝るとか」

言葉がそこで途切れる。顔に息がかかった。滝本の横顔をそっと見つめる。傷んだ栗《くり》色の髪が彼女の横顔を隠している。いい匂いがする。この香水は誰のために？

「若い子と、浮気ですか？」

滝本良子が君を振り返る。

「一回り年下の若者をたぶらかすとか……、どう？　しない？」

君は彼女の黒目に映り込んだ薄くて壊れやすい自分を発見してしまう。

「愛がないのに、そんなことできるんですか？」

バス停の前で君は滝本良子に接近し、すたすたと前を行く彼女の背中に向かって言葉をぶつけた。

「やだ、愛、くさ。何よ、それ。愛、わあ、身の毛がよだつ。幸福もないけど、愛もないのよ、坊や。あんたは本当に純ね、だから付けいられるのね。用心しなきゃだめよ」

自転車を押しながら歩く滝本は君を見ずにそう告げると、スタスタ先を急いだ。彼女の家の方角ではない。明らかに君のアパートがある方へと向かっている。

「退屈なんだからさ、何も起こらないより、何か起きた方がいいじゃん？　このまま、何もない人生を生きるよりも、誰にも迷惑をかけない範囲でなら、何したって構わないでしょ？」

「意外な展開。まさかこんなこと滝本さんに言われるとは思ってもみなかった。でも、どうしていいのかわかんないな」

滝本が児童公園の中ほどで立ち止まる。ゆっくり、君を見返り、

「言っとくけど、私だって、どうしていいのかわからないわよ。いつも、なんにもわからないま、いやわからないからこそ、気の向くまま行動をしてる。いちいち、人生に計画なんてない。食べたいものを決めるのと一緒、今日はとんこつラーメンが食べたい、と思うのと一緒。私は今、君とやりたい。ねえ、私じゃイヤなの？」

と自分に言い聞かせるように告げた。外灯の光りが怪しく公園を包み込んでいる。暑くも寒くもなくて、悲しくも嬉しくもない。目標のない人間が二人、向かい合って、お互い決断を迫り合っている。この人はそれでも自分に自信があるんだ、と君は思った。そうじゃなければこんな風に男を誘うことなんて普通はできない。これがはじめてのことでもないのだろう。バイト先で知り合った年下の男たちと全員経験しているような気がした。この人はこうやって、普通の生活に普通じゃない刺激を取り入れているのだろう。でも、それを批判できない。幸福なんて、この人が言うように、もともとどこにも存在しないものなんだから。

「嫌じゃないです。でも、滝本さんのご主人に申し訳ないし、なんだか怖いです」

「君が申し訳ないと思うことはないよ。それは私の問題だから。でも、たぶん、わかってても、

夫は何も言わないと思う。ずっとそういう関係だから。どっち？　君のアパート」

　滝本良子は再び自転車を押しはじめる。


　君が部屋のドアに大きな音をたてながら鍵を挿した時、隣の部屋のドアが開いた。隣人は背中を向けた滝本良子に気がつき、気まずい顔を君に投げかける。君が急いでドアを開けると、滝本良子が先に中へと入った。

「またカレーを余計に作ってしまったので、よかったら、と思って」

　見ると、隣人の手に小さなタッパーが握りしめられている。予《あらかじ》め用意されていたものだ。君の帰りを待っていた節があった。

「ありがとう。いつもすいません」

　君はタッパーを受け取ったあと、小さく頭を下げ、告げた。心臓が破れそうなくらいどきどきしていたが、君は顔に出さぬよう注意しながら、玄関に入ると、ドアを閉め、鍵を掛けた。


　靴を脱いでいる君の腕を滝本良子がぎゅっと摑んで、ベッドの方へと引っ張った。隣人が壁に耳を押しつけているような気がして、君は抱きつこうとする滝本良子を押し戻してしまう。滝本に摑まれた腕が痛い。片方の靴が部屋の中で転がった。言葉を出せず、綱引きのような状態が続く。彼女の興奮がその細い指先から伝わってくる。じりじりと二人の距離が縮まる。バイト先では決して見たことのない女の顔がそこにある。普段合わない視線がぶつかり合う。メガネの奥にある目は意外なことに澄んでいる。ふっと、ファミレスの窓際の席に並んで座る滝本夫妻の姿を思い出してしまった。あの時、この人は孤独な顔をしていた。今は自分をかなぐり捨て、狂おしい顔で自分の感情を届けようとしている。裸になってこの人と交わってしまったら、取り返しのつかない場所に押しやられそうな気がして、不意に君は恐ろしくなる。今までの関係に戻れるようには思えない。ぼくじゃなくてもいいんじゃないのか、と君は改めて思った。

「やっぱり、無理」

君は両手で滝本を強く押し返した。

「どうして。ここまで来たんだから、もう戻れないよ」

滝本良子が君の手を払いのけ、そのまま君の懐の中へと飛び込んできた。バランスが崩れ、二人は床に倒れ込む。しがみつくように抱きついてくる滝本はまるで溺《おぼ》れかけている人。君は不意に自分が背負ってしまった重みを知った。とてもこの状態のまま、荒れた人生の川を泳ぎ続けることなどできやしない。欲望はあったが、恐怖の方が明らかに勝っている。

「光一君、私のこと嫌い？」

「嫌いじゃないです。でも、そういう問題じゃなくて、抱き合ったあと、なんか空しくなりそうで……」

声を押し殺しながら、戻す。

「大丈夫よ、私は大人だから」

「ぼくはまだ子供です。父が知ったら悲しみます。親が怒ります。小学生の時に別れた母のことを思い出してしまいます」

　滝本良子が不意に動かなくなり、それから離れた。そして、君に背中を見せて、あーあ、とため息交じりに吐き捨てる。君は立ち上がり、流しへ避難した。

「コーヒーでいいですか？　紅茶にします？」

「いらない」

　滝本良子がぶっきらぼうに告げた。怒らせたかな、と君は思う。やかんに水を入れて、火にかけた。やかんの底を包み込むように炎があがる。先端が青くなっている。ガスの燃えあがる音が室内を満たす。抱き合いたい、という欲望はある。抱かれていれば、その瞬間はくだらないことなんかを忘れることができる。余計なことを考えすぎる自分から離れることができる。迷いが君の心の中を行ったり来たりしはじめる。白砂緑の言葉が脳裏を掠める。「女は犯されている女優の方を見て、……それを自分と重ねて、興奮する」。君は今の自分だ、と考えてしまい、ため息が零《こぼ》れ出た。がさがさと音がする。炎の音ではなく、乾いた、鼓膜を擽《くすぐ》る音。続いて、なにこれ、と滝本良子の声がした。振り返ると、滝本良子が、ゴミ箱から紙袋を拾い上げて、中を覗き込んでいる。

「なに？　これ何よ、なんでこんなものがあるの？」

　滝本が紙袋からウイッグを取り出した。口元が緩んでいる。ワンピースを広げて、自分の前に翳《かざ》してみせた。女の、目の玉の縁が、光っている。

「強制女装か、面白いね。世の中には暇なこと考える人がいるんだね」

声を低めて笑う女の声が君を少し不愉快にさせる。滝本良子は化粧品が詰まったポーチの中から口紅を選んで君の目の前に差し出す。

「やってみる？」

口紅のキャップが開けられた。赤でもなく、桃色でもなく、ピンクともいえない、微妙な色合いのルージュの先端が顔を出す。小さなペニスみたい、と君は思う。

「あれ？　まんざらでもないんじゃない？　興味あるでしょ？　ちょっと試してみようよ。私ね、化粧品販売してたことあるのよ。だから、上手だし」

「結構です」

「全部否定ね。じゃあ、どうして私をここにあげたの？　女の人を部屋にあげといて、何もしないのは、男として最低じゃない？」

「そうなんですか？」

「考えてごらん。私のように、それが目的の女性を自分の部屋に連れ込んだ挙句、何もしないで追い出したりしたら、それは侮辱よ」

「連れ込んだんじゃありません」

「私は泣きながら自転車を押して家まで帰らなければならなくなるのよ。ねえ、ひどくない？年上でも、私だって乙女なんだからね」

「いや、あの、乙女じゃないと思います」

滝本良子が君の目の前に立ちふさがり、いきなり羽織っていたジャケットを脱ぎはじめた。挑発的な目で君を見下ろし、次々、衣服を脱いでゆく。あっという間に下着姿になった。あまりに白い清潔なブラジャーとパンティが出現し、意表を衝かれた。それが、はちきれそうな肉体に食い込んでいる。SM雑誌で見た荒縄で縛られた女体のよう。きつめのブラジャーが外されると、それほど大きくない胸が現れ、囲むように、ワイヤーの跡がくっきり弧を描いているのが見えた。胸の先端の淡い乳首よりも、抉《えぐ》れるように描かれたブラジャーの跡に君は欲情する。パンティを脱ぐと、生々しい滝本良子の裸身が現れた。滝本良子は再び君の手を引っ張って、壁際のベッドへ連れていき、そのまま、体重を君に預けて一緒に倒れ込んだ。ベッドの軋《きし》む音がした。やかんの水が沸騰をはじめ、ピーッと耳につく高音が室内に響き渡る。滝本良子はお構いなく、君に抱きつき、胸元に頬ずりをはじめた。

「ちょっと待って」

滝本を押しのけ、ベッドから下りて流しへ行き、いったんコンロの火を消した。今度は不意に静寂が室内を満たす。このあと、いったいどうすればいいのだろう。その先はいったいどうなるのだろう。自分がないのに、ぼくはどうすればいいというのだろう。自分がないのだから、別に何をしたって、構わないか……。君はベッドを振り返る。遠い記憶を辿るように、どことは言えない場所を君は見つめはじめる。

そのどこだかわからない場所で、いつだかわからない時間の中で、何かが自分に触れているが、それは消えたり、遠ざかったり、戻ってきたり、逃げ出したりしながら、まるでトンネルの中を不安定に舞う蝶々《ちょうちょう》のように、ただ遠くに見える光りの出口を目指していた。朦朧《もうろう》とした意識に少しずつ焦点が合わさっていき、遠方からぎゅっと世界が狭まるようにして、覚醒《かくせい》する。見ていた夢の続きなのか、それとも現実なのかすぐにはわからない曖昧なまどろみの中で、まだよ、と声がした。

「そのままじっとしていて」

母親が君の頬を撫《な》でる。優しく、優しく、何度も。母親の美しい香りがする。甘く切なくとろけるような優雅な香りが、まるで光りに包まれるように可憐《かれん》に漂っている。君はそれを必死で嗅《か》ごうとする。記憶にない母親の姿を勝手に想像している。まだよ、と母親が繰り返す。君は無意識のうちに、何度も頷いている。数を数えなきゃ。ひとつ、ふたつ、みっつ、もういいかい？

「動かないで、あと少しだから、じっと寝ていて」

でも我慢できずに、君はついに覚醒した。不在のままの母親が不在のまま意識の彼方へと遠ざかる。顔のない母親、自分のない自分。思い出のない母性、意味のない自我……。不安と未来が君を現実へと連れ戻してしまう。

「ほら、できた」

まどろみの中に滝本良子の笑顔があった。下から見上げる彼女の顔はいつもよりずっと老けて見える。お母さん、と君は口にしかけ、慌てて目を凝らした。

「いい？　ゆっくりと起きて、最後にウイッグをかぶせるから」

体を起こすと、滝本良子が金色のウイッグを君の頭にかぶせはじめた。ぐいぐいと力強くウイッグが君の短髪の頭を呑《の》み込んでいく。

「鏡で見て。私なんかよりもずっと化粧ののりがよかった。ほら、早く見て、とっても可愛いわよ」

壁にかかっている鏡を滝本良子が外して君の前に持ってくる。そこに見たことのない人がいた。自分でも、滝本でもない人間……。誰？　不意に現れたもう一人の自分に君は驚く。化粧をされた自分の顔は、君のまったく知らない別人のそれ。寝ているあいだにアイシャドーも口紅も頬紅《ほおべに》も塗られていた。ボブヘアのウイッグが君の顔の輪郭をより女性的に見せた。アイライナーのせいで、君の目が色っぽく撓《しな》る。眠気がいっぺんに飛んで、君は鏡を見つめて、固まってしまう。

「これ、……？」

「強制女装、完成。Key だっけ？　その人に悪いことしちゃった。でも、わかる。こういう子を連れて歩きたい、自分の恋人にしたいって気持ち。男でいるよりも、楽じゃない？　楽しくない？　何よりも似合っているし、でも、きっと、もっともっと君は綺麗になるよ。メイクだって、まだ中途半端だし、おひげもちゃんと処理してさ、付け睫毛《まつげ》なんかやったら、完璧《かんぺき》よ。可愛い、ただ意味もなく可愛いわよ、どう？　感想は？」

「いや、ぼ、ぼくがぼくじゃないみたいで、なんだか……」

君は慌ててウイッグをはぎ取った。短く刈り込んだ黒髪が下から出てきた。

君の中で何かが変化しはじめているのがわかった。滝本良子を追い返したあとも、君は興奮し、眠れなかった。一度は捨てたウイッグとワンピース、化粧道具を机の上に並べて、眺めた。思っている以上に大きな心の変化……。鏡に映った自分のもう一つの顔が頭から離れない。自分を見つめるもう一人の自分の、妖《あや》しくて狂おしい視線が脳裏に焼きついた。不条理なことに、君の視線が君の意識を混乱させ、麻痺《まひ》させ、動けなくさせている。アイライナーによって、妖艶《ようえん》に、吊《つ》りあがって、誘惑する女性の目に変身した君の二つの目。自分ではない別人……に見つめられ……。

ぼく？　君は誰？　え？　もしかして、アンジュ……。

授業中もずっと頭の中にあの視線が現れては明滅し、集中することができずにいた。堀内教授に、ぼんやりしている、と叱《しか》られ、クラスメートに笑われても、君の心はずっと不在のまま。バイトに出る気もせず、もちろん、部室に顔を出すこともできないまま、君はまっすぐアパートへと戻った。パソコンを開き、受信トレイを覗き込むと、期待通り、いいや、恐れていた現実、……Key から新しいメールが入っている。

『アンジュ、
どう？
試してみた？

顔をキャンバスだと思って、化粧してごらん。
最低限必要なものだけ入れておいた。
アイライナーの使い方なんかはネットで検索すれば出てくるよ。
動画サイトなんかで、丁寧に教えてもらえる……。
いつか、私が教えてあげるけど、まずは自分で試してみて。
今まで見たこともなかった新しい世界がそこに広がっているはずだから。
君が君を発見することを願っています。
Key』

君はパソコンのキーボードを自分の心の扉をノックするように叩いた。カタカタと室内に乾いたプラスティックの音が響き渡る。思いよりも指先の方が遅くて、指が何度も縺《もつ》れそうになった。
『ぼくはアンジュなんかじゃない。女になんかなりたくない。余計なことはしないでください。本当に迷惑なんです。これ以上馬鹿にしないで』

『アンジュ、
女になる必要なんかないのよ。
ただ、女装をするだけ。

あなたは男でも女でもない中性としての天使《アンジュ》になればいいの。
性別を超えた存在になって、男という窮屈な潜水服を脱ぎ捨てればいいの。
Key』

『ぼくは生まれてからずっと男だし、これもからもずっと男のままでいます』

『でも、アンジュ、
君はとっくに気がついている。
知ってしまったでしょ？
鏡の中のもう一人の自分の存在を。
もう、手遅れよ。
Key』

『ぼくは天使なんかじゃない！』

でも、アンジュは君の中に頻繁に現れるようになる。
寝ても覚めても、もう一人の自分のことが頭から離れない。滝本良子によってメイクアップされたアンジュが心の中に居座り続ける。アンジュになりたい、という衝動が毎朝、毎晩、授業中に、放課後、アルバイトの最中にも、いたるところでいたる瞬間に、起きるようになった。理屈では決して理解できない、アンジュに会いたい、気持ち。Key から送りつけられてきたウィッグや花柄のワンピース、そして化粧道具を床に広げては、アンジュの痕跡《こんせき》を探し続けた。

君は鏡を覗き込む。でも、そこにアンジュはいない。いるのは大学生の野暮ったい安藤光一であった。自分の顔にそっと触れてみる。指先で瞼《まぶた》や鼻や顎先《あごさき》をさすってみる。鏡に顔を近づけ、見開いた瞳の中の自分を覗き込んでみる。でも、そこにアンジュはいない。少し茶色い眼球の中にいくつもの線が見えるだけ。複雑な模様はまるで理解しにくい自分の心をそのまま表しているよう。君はワンピースを自分の体の上に重ねてみる。ウイッグを摑み、かぶる。何かが自分の中で変化しはじめていることは間違いない。心臓が高鳴り、自分じゃないものが内側で動きはじめる。二十年あまり維持してきた安藤光一という既成の殻を破って、もう一人の新しい君が羽化しようとしている。

アンジュ、それはアンジュに違いない。Key によって名づけられた自分の片割れを、君は激しく拒否しつつも、一方で受け入れはじめてもいた。アンジュに会いたい。会って、確かめなければならない。君はぼくにとってどういう存在？　誰？　なぜ、そこにいるの？　君は iPod を探し、イヤフォンを耳穴に押し込んで、ボリュームを最大限にしてニルヴァーナを聴く。カート・コバーンの叫び声の中へと逃避する。目を閉じ、部屋の中ほどで大の字になって、肺で呼吸しながら、聴き続けた。アンジュが網膜のスクリーンに現れる。真上から君の顔をじっと覗き込んでいる。溢れるビートの中で君の肉体が振動し、心臓が破れそうになる。

会いたい。

もう一度、会って確かめてみたい。

アンジュは誰、どういう存在なんだろう、と君は考える。

鏡の中に現れたアンジュは怯《おび》える君を、視線を逸らすことなく、まっすぐ見つめ返してきた。君は自分を見ているのではなく、第三者に見つめられている、と思った。鏡に映っているのは自分なのに、と頭では認識できても、別の意思を感じてならない。なぜ、この二十年あまり、自分はもう一人の自分の存在に気がつかなかったのか。Key が断言したように、アンジュは確かにいる、ような気がする。いる、のじゃないか、と思う。いるからこそ、気持ちが揺れて落ち着かないのだ。君は「アンジュに会わなければ」と思う。もう一度会って確かめなければ、と自分に言い聞かせている。しまってあった紙袋を取り出し、服を脱ぎ、ワンピースを着た。艶《つや》やかなシルク生地が肉体を包み込みながら、頭から足元へ向かってすっと下りていく時、君は服を着るのではなく、逆に何か分厚い殻を脱ぎ捨てるような錯覚を覚える。ワンピースを着た瞬間、下腹部の辺りにむらむらと見覚えのない欲望が起きた。男なのに、女の格好をしている自分に対して、罪悪と新鮮な感動の相反する二つの感情が交互に入り乱れ、そこに今まで経験したことのない興奮を生んだ。肺で呼吸しながら、君はウイッグを摑んで、かぶった。鏡の中にいるのはまだ男の自分である。でも、いつもの自分じゃない。変態のはじまったもう一匹の蛹《さなぎ》。不精ひげが気になったので、シェーバーで丁寧に剃る。鏡を壁から外し、机の上に置いた。そして、Keyから送りつけられてきた化粧品を並べた。口紅、ファンデーション、マスカラ、これはなんだろう、さまざまな形の文房具のような化粧道具、用途さえもわからないものばかり。滝本良子がこれらをどのように使ったのか、目を閉じていたので、わからない。パレットのようなもの、鉛筆のようなもの、鋏《はさみ》のようなもの、匂いのある液体、色のついた固体……これは何？　一つ一つの道具、化粧品を摑んで、匂いを嗅いでみたり、色のつくものであれば自分の手の甲に押し当てて確かめてみたりした。使い方をネットで検索してみる。初心者の化粧方法、というHPを見つけ、齧《かじ》りつく。そして、アンジュに会いたい一心で君は化粧をはじめた。瞬きさえできないほどに集中してネットの解説を読み、覚束《おぼつか》ない手で、見よう見まねで、顔の表面をキャンバスに見立て、美しく飾ろうと試みる。すべてがはじめての経験。一つ一つの作業に君は不思議なほどの緊張と高揚感と興奮を覚えた。ウイッグをかぶったままだと化粧しづらいことがわかり、一度、外してから、顔全体に下地クリームを塗った。それからファンデーションをはたいた。どのくらい、どの程度の厚みで、どういう風に塗ればいいのか、見当もつかなかったが、休まず手を動かし続けた。滝本良子によって生み出されたアンジュとは程遠い、下手くそな画家が描くシュールな人物画のようなものが鏡の中に現れた。アイシャドーを塗った。アイライナーは上手に使いこなせなかった。線は揺れて、ぶれ、大きく瞼のラインからはみ出してしまう。慣れるしかないのだろう。何もかもが大げさになっていく。アンジュはこうじゃない、と苛立《いらだ》った。頬紅を塗ると、おかめのような顔になった。ティッシュで余分なところをぼかし、何度もやり直した。最後に口紅を塗った。手が震えて上手に塗ることができなかった。唇のラインの上からはみ出した口紅の線がどうしても気に入らず、やり直すうちに、目の周辺が黒い隈《くま》のようになってしまった。鏡に映った自分はアンジュではない。化け物の一歩手前のような妖しい怪物。それでも、ウイッグをかぶると不思議なことに、メイクのひどさが幾分気にならなくなった。アンジュではないけれど、アンジュに近い存在が鏡の中に出現する。君の心臓ははちきれる直前だ。

「ぼくがぼくじゃないみたい」

君がそう口にした次の瞬間、どんどん、と誰かが激しくドアをノックした。驚き、思わず声を漏らしてしまう。慌てて身を引いたせいで、肘《ひじ》がぶつかって、化粧道具の入ったケースを床に落としてしまった。口紅やファンデーションが飛び散り、大きな音をたてて転がる。思わず、ワンピースの上から心臓を押さえつけてしまう。

「大丈夫ですか？　すいません、おやすみのところ、隣の古川です」

君はしゃがんで化粧品を拾い上げ、それらを急いで机の上に戻した。鏡の中に、慌てる自分がいた。はい、と返事したものの、今度は、自分が発した男声に驚いた。君は戸口まで走って、ドアを見つめた。

「何か？」

「荷物が、届いています」

「あ、ええと、すみません、今、出られないんです」

返事はすぐに戻ってこない。ドア一枚隔てたところに立つ相手が戸惑っている様子が伝わってくる。隣人が想像している何かを、君も同じように想像してしまい、どぎまぎ。こんな姿を見られたら、軽蔑《けいべつ》され、非難され、侮辱され、通報されてしまうかもしれない。

「あの、今、裸なんです！」

「あ、はい。すみません」

言ったあと、少し後悔した。余計、言葉がもどかしくなる。

「じゃあ、あとでまた」

「あの、古川さん、ぼくの方から伺います。いいですか？」

「ええ、どうぞ。わたし、今日はずっと、いますので」

君はその場にへたり込んでしまう。肩で大きく息をつき、目を閉じた。こんな姿は誰にも見せられない。自分でもアンジュでもない、変態途中の、中途半端な蛹……。

化粧の落とし方もわからなかった。しょうがないので、濡らしたティッシュで化粧を拭い、それから石鹸《せっけん》で顔をごしごし洗った。アイライナーや口紅はすぐには落ちなかった。何度も何度も洗って、やっと元の自分に戻ることができた。ワンピースを脱ぎ、いつもの安藤光一に戻った。すべてが終わるころ、君は一万メートルを走り終えたばかりのランナーのように疲れ切っていた。隣人がドアをノックしてからすでに一時間ほどが過ぎている。着替え直し、気持ちが落ち着くのを待ってから、隣を訪ねることにする。廊下に出ると、ひんやりとした空気が君の心を冷静な場所へと誘《いざな》った。一度、目を閉じ、さらに心が落ち着くのを待ってから、隣室の扉をノックした。少ししてドアが開き、取り繕った隣人が顔を出した。何か料理をしていたのだろう、部屋の中から、おいしそうな香りとぬくもりと優しさが溢れ出てくる。彼女が微笑んでいたことが君の唯一の救いでもあった。

「すみませんでした。ばたばたしてしまって、すぐに取りに来れなくて」

「あの、こちらも突然、押しかけたりして、ごめんなさい。はい、これ、荷物」

Key からだというのがすぐにわかった。同じ通販会社の袋である。

「昨日、また安藤さんがいない時に、届いたものです。こちらもばたばたしていて、今日になってしまいました。ごめんなさい」

「あ、いいんです」

君は荷物を受け取りながら、君のことをじっと見つめる隣人の視線に、戸惑った。拭いきれていない化粧の滓《かす》が目尻《めじり》や口元に残っているのではないか、と心配になって。ぺこりと頭を下げ、立ち去ろうとすると、呼び止められた。

「あの、夕飯、もうすまされました？　もし、まだなら、カレーライス作ったんですけど、一緒にどうです？」

君はお腹《なか》が減っていることを思い出した。カレーの香ばしい香りに勝てず思わず、はい、と返事をしてしまう。


鍋《なべ》から湯気が立ち昇っている。香辛料のスパイシーな香りが室内に充満している。隣人の部屋は同じ間取りだというのに、自分のところよりずっと広く感じられた。ベージュ色の壁紙のせいか、置かれている家具の配置やこまごました女性的な小物のせいだろうか、垢《あか》ぬけていたし、きれいに片づいていたし、明るく、清潔に感じてしまう。隣人は食事の用意をしている。そこに座っていてください、と指さされたところに、低めの可愛らしいソファがあった。きなり色の布がかぶせられてあり、ぬいぐるみのクマが真ん中に鎮座していた。どうやら、ソファベッドのようで、寝る時は広げて使うに違いない。君はクマを自分の膝《ひざ》の上に抱え、どんと腰を下ろした。

「これ、ベッドなんですね？」

「はい、夜はそこで寝ています。その壁の向こうで、安藤さん、寝てるでしょ？」

君は背後の壁を振り返る。確かに、位置的には、壁の向こうに自分のベッドがある。

「時々、ゴン、とあなたの体が壁に当たる音がして、目覚めるんです」

「え？　あ、ぼく、寝相が悪いから、すいません、毎晩起こしちゃってますか？」

「一人でいるの怖い方だから、薄壁を挟んだところにあなたがいると思うと、逆に安心できて、よく眠れるんです。ゴンってあなたの頭とかが壁にぶつかるたび、不思議な安心感に包み込まれます。変ね、わたしたち、まるで毎晩添い寝をしているんですね」

「そうか、そういうことになるのか」

君は壁を拳《こぶし》で軽く叩いてみた。薄い壁らしい乾いた音が戻ってくる。滝本良子に押し倒された時、声やベッドの軋む音は聞こえなかっただろうか、と想像した。壁に耳を押しつける隣人の格好を、もう一度空想し、赤面する。

「そうそう、安藤さん、時々、寝言、言うんですよ。この間も」

君は驚き、え、なんて？　と訊き返す。

「ええと、なんだったかな。寝言だから、それにこっちも寝てたし、忘れちゃった」

はぐらかされた。君はキッチンに立つ隣人をじっと見つめる。か細い隣人が、君をもてなすために、一生懸命、食事の準備をしている。白いエプロンが目に鮮やかだ。アンジュと一緒にいる想像が頭を過《よぎ》り、胸がきゅっと締めつけられる。君は恥ずかしくなり、またしても視線を逸らした。小さな本棚にぎっしりと書物が詰まっていた。「性の謎」「男と女の対比学」「ジェンダーの行方」などというタイトルが目に留まった。

ソファの前にちゃぶ台が登場し、上に料理が並べられた。二人は向かい合って、食事をはじめた。カレーは意外にも激辛で、頬張《ほおば》るたびに口の中がじんじんした。君は何度も水を飲まなければならなかったが、隣人は涼しげな顔でおいしそうに食べ続けている。

「辛いですか？」

「いや、そうでも……」

「ごめんなさい。わたし、辛党なんで」

空気を吸い込むたび、口の中が腫《は》れた。食べ終わるころには汗だくになっていた。隣人がその様子を微笑みながら見ている。目が合ったので、君も思わず微笑み返してしまう。

「古川さん、辛いの、平気なんですね」

「あ、あの、辛すぎましたか？」

「いいえ、辛いの好きです。おいしかった」

言っている最中、どこまで自分がないのだ、と君は自分に対してがっかりしている。

「ありがとう。嬉しいです」

まあ、いいか、と君は心の中で吐き捨てる。お腹がいっぱいになって少し落ち着いたからか、どこからともなく心と顔が緩んだ。この人と暮らしていたら、毎日こんな感じなのだろうか、と想像してしまい、恥ずかしくもなる。

「何か？」

「いや、別に。何も」

「そうですか。でも、見られていると緊張します」

「ええと、古川さん、下の名前、訊いてもいいですか？」

「下？」

「苗字《みょうじ》じゃなくて、古川さんの名前です。差し支えなければ、知りたいなあ、と思って」

ちゃぶ台の向こう側に座る女性がじっと君を見つめる。さっきまで微笑んでいたのに、今は怖い顔。君は、またしても、視線のやり場に困った。

「あの、別に嫌なら言わないで結構ですよ」

「そんなことはないですけど、普通の名前じゃないんです。だから、友達はいつもニックネームで呼びます。ニックネームでもいいですか？」

「ええと、どっちでも。古川さんでよければずっと古川さんで通します。先輩だし、たぶん、先輩ですよね？」

「同い歳だと思いますよ。安藤君は一浪でしょ？　わたしはストレートなんで」

「ああ、じゃあ、同い歳。年上だと思っていました」

なんだかギコチナイ。らっきょうを指で摘《つま》んで口の中に放り込む。

「クラスメートにはマナと呼ばれています」

「マナ？　ニックネーム？　可愛いニックネーム。じゃあ、本当の名前は？」

隣人が黙った。考え込むように小首を傾げ、どことは言えない場所を睨んでいる。躊躇《ためら》いが伝わってくる。覚悟をしなければならないようなことには思えないので、その緊張した空気に君は警戒をした。一分ほどが過ぎた。

「嫌なら、言わなくてもいいんです。ニックネームで十分です」

「いや、言わないと、言わないといけません」

どういう意味？　君は隣人の俯く顔を見つめる。その目は見えない濁流の中を必死に泳いでいる。急に黙りこくってしまった隣人にどう言えばいいのか、わからず、君の視線もその濁流へと呑み込まれてしまう。二人の四つの視線が、溺れかけた。

「あの、驚かないでもらえますか？」

「いや、そんなこと急に言われても、わかりません。どういうことですか？　何か告白でもはじまるんですか？」

「え？　あ、そう、告白です」

いきなり愛でも打ち明けられるのかな、と君は思わず身構《みがま》えてしまう。それだったら、悪いことじゃない。どういう人生がそこに待ちうけているのだろう、と君は呑気《のんき》に想像をしてみる。緊張がほぐれ、溜《た》まっていた空気が肺から溢れ出る。

「わたしが自分の正体を明かすときっとあなたは少し驚く、もしかすると、引かれてしまうかもしれないし、敬遠されてしまうかも？」

「正体？」

隣人が決意したのか、顔をあげて君を見つめた。大きな二つの目の縁にすっとすべての灯りが呑み込まれていった。君もそこに呑み込まれそうになる。

「マナというのはニックネーム、でも、本当のわたしの名前ですが……」

君は再び緊張をする。

「古川学《まなぶ》です」

君は口をもぐもぐ動かし、隣人の発した名前を口の中で転がしながら、同時に、妙な耳触りを覚えた。そういう名前の女の子がいるんだ、と最初は思う。でも、次の瞬間、違和感と不思議な困惑に囚《とら》われる。

「わたし、戸籍は男性です」

頭の中がぼんやりと白濁するのを覚える。数秒後、不意にアンジュのことを思い出し、次に、動転してしまった。

「男？」

「驚きますよね？」

「いや、ええと、あ、でも、ちょっと」

瞬きをすることもできない。どう見ても目の前にいるのは女性で、男には見えない。でも、よく考えてみると、声は掠れているし、男だとしても不思議ではない。君は思わず、胸の辺りを見つめてしまう。長い髪の毛で隠されているからか、胸元は曖昧。

「性同一性障害ってわかります？」

「あ、はい」

「子供のころからずっと自分のジェンダーに違和感を覚えていて、最近になって、男の子でいることをやめたんです。現在は法律的な変更の手続きを準備しています。女性ホルモンを飲んでいるし、来年の春、卒業したら、女性になるための手術を受けます。完全には無理だけど、でも今よりはずっと、女性に近づけます。あの、大学でも、そういうことを専攻しているんです。ジェンダーについて学んでいるんです」

君は本棚に並んでいる書物を一瞥《いちべつ》した。男の子だと思うと、それまでの見方と違った感じで見てしまう。さっきまでは普通だったのに、今はなぜか普通ではいられない。男性なのに、女性にしか見えないことに君は心を奪われている。不意に、床に無造作に置かれた宅配の荷物に目が止まる。

「あの、あなたもしかして、Key じゃないですよね？」

「キー？　なんですか、それ」

「いいえ、いいんです。問題ではありません。ごめんなさい」

Key からの荷物がいつも不在時に届くのが気になった。隣人が Key であればすべての辻褄《つじつま》が合致する。

「何か、気になることがあるんでしょうか？」

「気になるというのか、いろいろなことが最近いっぺんに自分に押し寄せてきていて、古川さんが男性であったことも、この荷物のことも、アンジュのことも」

「アンジュ？」

「いいえ、なんでもありません。でも、なんでもないことはないですね。これも何かの縁かもしれない。今、ぼくの前に現れたあなたという存在がもしかしたら、ぼくを救ってくれるのかもしれない。敵じゃないと思う。敵じゃなければいいな、と思う。ええと、古川さんはぼくの味方ですよね？」

「変なの」

隣人の顔に明るい光りが射《さ》した。口元が無邪気に緩み、

「なんだかわからないけど、わたしはあなたの味方ですよ」

と彼女ははっきりと言った。あるいは、彼が……。


君は古川学にこれまでのことを説明した。隣人は黙って君の話に耳を傾け続けた。話をしているあいだ、それでも君は隣人が Key である可能性を排除することができずにいた。でも、隣人は何度も自分は Key ではないと否定し続けた。Key であるならばそこまで否定する必要もないはずだった。いつか現れる、と Key 自身が宣言していたのだから。

「興味ある話です。確かに、安藤さんは女性的な面がありますし、間違いなくその顔、化粧映えすると思いますよ。わたしなんかよりも、もしかすると女性らしい女性に生まれ変わることができるかも。肩幅もないし、背だって、百六十五センチくらい？　とっても理想的だと思います。ひげもぜんぜん濃くないし、というのか、ほとんどない。何より肌がきめ細やかで白い。全体的にですけど、女性的な佇まいもあります。キャンパスであなたをはじめて見かけた時、実はわたしもそのことに気がついていました。あ、この人、自分と同じ匂いを持ってるって。……それを見抜いた Key という人は、すごいかも」

「変なところで感動しないでください。ぼくにとってはものすごく迷惑な話なんです。Key のせいで、ぼくはぼくじゃないぼくと出会わなければならなくなっちゃって」

「素敵なことじゃない」

「迷惑だよ。確かにぼくは自分のない人間だけど、こういう自分は必要ないし」

「今も？　今も迷惑な話ですか？　あなたはアンジュに会いたいのでしょ？　そのアンジュというもう一人の存在が気になってしょうがないって、さっき言ってた。アンジュ、可愛い名前だわ。でも、どうして、その人はその名前をあなたに付けたのかしら、そこにすべての答えがあるような気がします」

君は小さく顎を引き、さあ、なんでかな、わからない、と観念するように呟《つぶや》く。二人はお互いの顔を見つめ合った。つまりこの部屋には男性が二人いるのだ、と君は気がついた。それならそれで不思議なことではないのに、困惑するのはなぜだろう。古川学が咳払《せきばら》いをし、じゃあ、と切り出した。

「わたしがあなたをアンジュに会わせてあげましょうか？」

隣人の二つの瞳が、好奇心に縁どられ、輝いている。君は瞬きさえもできなくなって、隣人の視線を受け止めたまま、動けなくなる。確かに隣人の技術を借りれば、君は再びアンジュに会うことができる。滝本良子とは違い、面倒くさい関係にはならないですむ。その上、女装者として生きる古川学なら、自分のことをからかうことなく、理解してくれるに違いない。まっすぐ、隣人を見つめたまま、君は自分のこれからについて、考えを巡らせた。自分のない自分が、今、もう一人の自分と出会おうとしている……。

「どうしますか？　メイク、やってみます？　わたしは、時間がありますよ」

君は、行き場所のない気持ちをごまかすために、置かれていた宅配の荷物を手に取り、勢いよく破って開けた。中から、やはり化粧道具らしきものと女性ものの衣服が出てきた。今度はその中に、可愛らしい女性用の下着までが交じっていた。

「まず、眉毛《まゆげ》を整えましょうね。安藤さんはほっそり女性的な見目形《みめかたち》をしているけど、眉《まゆ》だけ、ちょっと男らしいので、ここをしっかり整えておく必要があります」

古川学はそう言いながら、大きな鏡を壁際から引っ張り出してきて、パソコンを除《の》けたデスクの上に載せた。いつもこの鏡台で、メイクをしているのだろう。引き出しの中は化粧道具、女の子になるための小道具でいっぱいだった。それらが、古川学によって選別され、デスクの上に一つ一つ取り出され、丁寧に並べられていく。

「その前にまず、洗顔しなきゃ。顔の表面をきれいにしておかないと、化粧がうまくのらないから。このホイップソープで洗ってきてもらえますか？　掌《てのひら》に二、三回プッシュして、顔を包み込むように優しくマッサージしながら、洗ってね。普通のやつは泡立てないとならないけど、これはすでに泡立っているものだから、便利。洗ったら、丹念に、ぬるま湯で流して。ユニットバスは安藤さんのところと一緒だから、使い方わかるでしょ？　その間に、鏡台を完璧にしておくね」

君はホイップソープを受け取り、ユニットバスに入る。ここも自分のところと同じ造りなのに、なぜか明るく、ずっと可愛らしい。ピンク色のシャワーカーテン、水晶でできた天使の人形が飾られ、ドアにはふかふかのガウンがかけられ、籠《かご》には可愛らしいお風呂セットが溢れていて、まったく男性的な要素がない。

「古川さん、タオルは？」

古川学が新品のタオルを持ってきた。

「もし差し支えなければ、マナと呼んでもらえませんか？　古川さんって呼ばれると、なんだか窮屈」

「わかった。マナ、ですね？」

古川学ははにかみながら微笑み、タオルを君に素早く手渡すと、戻っていった。君はそっと鏡を覗き込む。そこにいるのは、まだ何者でもない一人の男子学生。野暮ったく、顔にしまりがなく、げっそりしていて、若いのに疲れきっている。笑うこともあまりなく、暗い藁《わら》人間。君は両手で自分の頬をそっと包み込む。これからはじまることに期待と興奮と恐怖が入り交じっている。踏み出してしまったら、もう元へは戻れなくなる気がした。Key の思惑通りすべてのことが進んでいるような、恐ろしさすら覚える。

君は丹念に洗顔をした。タオルで顔を拭い、もう一度鏡を見た。落ち着かない。まるでこれから誰かとセックスをするような、逸《はや》る気分……。

「おかえり」

鏡台は完成し、卓上には必要な化粧道具が一式ずらりと並んでいる。君は椅子に腰掛ける。化粧品の数々に圧倒された。いったいどのくらいのお金が使われたのだろう。マナはどうやって化粧の知識を身に付けたのだろう。彼はここで毎朝、大学に行く前、「彼女」に変身するのだ。

「じゃあ、はじめるね。まずは眉毛……」

眉毛を整えるための小さな鋏を取り出し、マナが君の眉毛をカットしはじめる。指が君の顔に触れるたび、またもや、自分が自分でなくなる感じを覚える。親や、先祖に対して、後ろめたくなる。いろいろな思いが頭の中で錯綜《さくそう》するが、今さら後戻りはできない。

「なに？　何か言いましたか？」

マナが訊《たず》ねる。

「決着をつけなきゃって、言いました」

「決着？　何に？」

「さあ、何に、だろう。でも、長年の自分との決着」

「うん、そうね。決着つけましょうね」

君は、ずっと自分の心の中に隠してきた何かと決着をつけなければ、と考えている。Key が出現する、もっと前から、子供のころから、押し込めていた秘密の感情……。

眉毛がカットされ整えられていく。男性的な精神の芽を摘まれていくような気持ちになる。小学生になりたてのころ、君は女の子になりたい、と両親に打ち明けたことがあった。母親は微笑んでいたが、父親は怒って、そういうのを変態というのだ、と言った。殴られそうな勢いだったので、それ以降、決して考えちゃいけないこと、口にしてはいけないことなのだ、と思い込んできた。

「眉毛が整い、バランスよく薄くなったら、毛抜きで余分なところを抜いていきます。少し痛いけど、平気？」

「うん、大丈夫だと思う」

眉毛が引き抜かれる時、君は過去の苦い記憶を暴かれたような気持ちになる。八歳の時、母親が女の子の服を買ってきて、着せ替え人形のような遊びをしたことがある。もしかするとあの時が唯一の女親との交流だった？　中学に上がった直後、親戚《しんせき》の家で大学生の従姉《いとこ》のストッキングを穿《は》かせてもらったこともあった。自分の足が、女の子のようになって、そこだけ妙に艶《なま》めかしく輝き、怖くなった。

「きれいに整いました。ほら、見て、わかる？」

鏡の中の自分は畏《かしこ》まって、子供のようだ。そして、驚きながら覗き込んでいる自分の顔の奥に、もう一つの顔が見え隠れした。それがアンジュ？　アンジュが安藤光一の肉体から出たがっている。

「次は化粧水。少し冷たいけど、我慢」

マナは化粧水を手に取り、いきなり君の顔に付けた。ひやっと冷たい感触が全身を駆け抜け、思わず、身を捩《よじ》ってしまう。頭の中を手で掻《か》き回されたような混乱。不意に自分の全人格をはぎ取られたような衝撃が起こる。自分という水槽の中深くに手を差し込まれ、安穏と泳いでいた人格を鷲掴《わしづか》みにされてしまったような。逃げ出すわけにもいかず、君は思わず、口を開けて、息を吸い込んでしまう。中学に上がってまもなく、毎日登下校を一緒にしていた近所の少年に告白されたことも。男の子に好きだと言われ、君はつい、笑ってしまう。その子は傷つき、ある日、下校途中に神社の境内で、殴りつけられた。顔が腫れ、君は学校へ行けなくなる。その子の存在が怖くなり、三か月もの間、不登校となった。

「これは保湿クリーム。乾燥した肌だと粉っぽくて、お化粧が浮くから」

マナは手早くメイクを進めていく。手慣れた動きはまるでデパートの美容部員のよう。自分が内側から壊されていく、いや、壊れていく。そして、その内側からきっとあいつが顔を出す。

「次は、肌の水分量を逃がさないために、化粧下地。日焼け止めの効果もあります。ファンデーションが馴染《なじ》みやすいようにするためによ。さあ、だんだん、整ってきた。大丈夫、そんなに硬くならないで」

「でも、緊張する」

「平気。すぐに慣れるから」

慣れたらどうなってしまうのだろう、と想像し、君はいっそう強張《こわば》った。違う世界に踏み込んだら、元の世界に戻れなくなる？　古川学のように過去と決別して生きなければならない？　まさか……。

「わたしはＧＩＤ、つまり性同一性障害だけど、あなたはそうじゃない。非ＧＩＤだから、心配しなくて平気よ。戻る世界がある。男でいていいのよ。というのか、ずっと素敵な男の子でいてほしい。女装は遊びでいいんじゃない。そうね、気分転換、現実からの逃避だっていいわ。あるいは心の癒《いや》しのために、すればいいのよ。わたしは心も精神も命までもが女の子だから、とことん、進むしかない。手術に躊躇いがないのは、ほくろのある人がそれを取りたいと思うのと違いがないの。両親も納得するしかなかった。わたしのせいじゃないし、彼らのせいでもない。運命だって、あるいは、そういう使命を持たされた新しい人類の一人だって、思うようにしてる。でも、安藤さんはもっと自由な、さらに新しい人間としてこの世界に生を授かっている。境界線を行ったり来たりすることが許されているミュータント。女の子になることに躊躇いや恐怖や罪の意識を持つ必要なんてない。マンガやアニメのコスプレと一緒なのよ。ファッションの一部でいいじゃん。化粧をすることで、マッチョであることだけを美徳としたこれまでの男とは違う新しい男を開拓できる。あなたにしかできない可能性でもある。世界中の男たちが女装をして、男女の垣根をなくせばいいのよ。そしたら、わたしのような者たちもいっそう自由になることができる」

君は Key と話をしているような錯覚に陥る。反論したり、話を遮って、なんでそんなことを言うの？　やっぱり君は Key だったの、とは言い返せない。ＳＭのように、心に猿轡《さるぐつわ》を嚙まされ、拘束されている。化粧が終わるまで、君は自分の考えを出すことが許されていない。下地クリームを塗り終わると、マナは、

「さあ、次はいよいよファンデーションよ」

と言った。

「普通は、つまり普通の女性はここでファンデーションを塗る。でも、男の子の場合はちょっと違うことをしなければならないの。安藤さんは」

「光一でいいよ」

「うん、光一は、他の子より、ずっとひげが薄いけど、でも、ないわけじゃない。青さを殺すために、まずこの口紅で」

マナが、微《かす》かだが、ひげの青さが目立つ部分に口紅を指の腹で叩くように塗っていく。ボルドーカラーの大人びたルージュである。喜劇俳優がひげの濃い小父《おじ》さん役に扮《ふん》する時のメイキャップに似ている。君は鏡に映る自分の顔に、猛烈な拒絶反応を覚える。

「少し我慢してね、すぐに綺麗になるから。ほら、こうやって口紅を塗ったら、そこにコンシーラーを重ねていくの。コンシーラーっていうのは、演劇で使うドーランのようなもの。で、こうやって、二つの絵具を混ぜ合わせる。すると、ほらね、不思議や不思議、男性の皮膚が女性の肌の色になるでしょ？　見て、綺麗じゃない？」

垢ぬけない自分の顔が別人に変わる。CGで合成されたかのような皮膚、艶やかなハリが現れる。君はこともあろうに自分自身に、どぎまぎしてしまい、思わず目を閉じてしまった。

「パウダーファンデーションで仕上げましょう」

マナが君の顔に粉をはたく。白っぽいパウダーが塗られ、君の顔はさらに素肌の感触を手に入れる。自分の中の男性的な部分が撤去され、心の底から、長いことずっと押し込め隠されていた女性の心が、浮上する。アンジュ……。本当はずっと昔から、子供のころから自分の中にいたもう一人の自分、と君は改めて思い起こす。アンジュ。Key が教えてくれなければ、君はずっと自分の片割れの存在を殺し続けていたのかもしれない。ぼくの中の天使……。

「どう？　自分じゃないみたいじゃない？」

「………」

「大丈夫、わたしがそばにいるから、光一は楽しんで」

君は、いっそうぎゅっと目を瞑《つぶ》った。

「どのパートも大事だけど、わたしがいちばん大事にしているのは、眉毛なの。とくに眉尻《まゆじり》の長さとカーヴ。そこが女の子になれるか、男のままか、を決める大事なポイント。最初はイメージすることからはじめる。どういう顔にしたいか、想像するのよ。柔らかい顔にもできるし、モデル顔にもなる。眉尻はとっても重要よ。眉山《まゆやま》から眉尻に向かって一本一本、大事に描《か》いていきましょうね。こんな具合に、軽いタッチで。眉毛の流れに沿って、アイブローブラシでぼかすのよ、自然に。最後に眉尻を少し足す、ほら、数ミリでいいので、はみ出すように、すっと線を引く。明らかな線じゃなくて、消えかかる流れ星のように、謙虚に。でも、見て、より女性っぽくなるでしょ？」

マナが活《い》き活《い》きと説明している。君は圧倒されたまま、ただ、受け入れることしかできない。怖くて、目を開けることさえもできず、時々、薄目で覗いている。

「光一は二重がくっきりしているから、化粧映えする。女の子の中にはアイテープを使って、二重にする子もいる。さあ、じゃあ、睫毛に沿ってアイラインを引きましょう」

顔が弄《いじ》られている間、君の心も変化している。抵抗していた男の子の心は、この段階になるとすっかりなりを潜めている。アンジュと君がどこかの段階で入れ替わってしまったかのよう。君は、心を落ち着けるために、もう一度深く息を吸い込む。

「世界中の男性を悉《ことごと》く全員、こういう風にしたい。男とか女とか、ジェンダーの垣根を壊したい。Keyという人にわたしは賛同する。男を誇示する人間をみんな女の子に変えたい。そうすれば、わたしは自由になれる。そうすれば戦争もなくなる」

君の口は動かない。訊き返したいし、やはり反論したいし、意見も言いたいが、完全に、自由は奪われている。

「アイシャドーは目をすっきりと見せたり、あるいは優しく、温かく見せたりする。チップを使ってやる人もいるけど、わたしは自分の指の腹でやります」

目頭から目尻に向かって、瞼の上をマナの指が優しく、素早く、移動する。

「鮮やかな青にしましょうね。薄い色から順番に塗って、最後に鮮やかな青を引く。ビューラーで睫毛をカールさせたら、付け睫毛に移ります」

閉じた瞼の上に付け睫毛がセットされる。そのまま、目をしっかりと瞑《つぶ》ったまま、君は怯えるように、でも、激しく期待しながら、完成を待つ。

「思い出した。昨日だったか、一昨日、君は寝言で、ママはいつ帰ってくるの、と叫んだのよ。その時、わたしはたまたま眠れずに起きていて、だから、その時の寝言だけはちゃんと記憶した。

お母さんいらっしゃらないの？」

うん、と君は返事をする。

「小さいころはいたんだけど、ぼくが小学校の時に、本当の理由はわからないけれど、出てった、ぼくを残して。だから、よく夢で見る」

「そうなんだ、すごいはっきりとした叫びだった。ずっと、会ってないの？」

「うん、家には新しい母親がいるし、その人が一生懸命育ててくれたから、別に今さらのこのこ出てこられてもって感じ。どこにいるのか知らないし、何しているのか知らない。もう四十代半ばじゃないかな」

マナの手は休むことがない。二人の言葉が停滞しても、作業だけはてきぱきと続いていく。君は記憶に残る母親の顔を思い出そうとする。君の記憶の中にいる母親はまだ二十代の若く美しい女性であった。

「頬紅をはたくわね。人間味と温かみを増すために。頬骨の外側にそっと、本当にそっと、血を通わせるためだけにはたくの。やりすぎると、おかめひょっとこのようになっちゃうから、気をつけて。さあ、最後は口紅。派手な色はいけない。地味だけど、存在感のある色がいいよね。わたしにまかせて、指で塗るリップを使う。まず、リップライナーで輪郭を縁どり、最後に、グロスで艶を足しましょう。セクシーで可愛らしい唇の出来あがり。さあ、完成まであと一息よ。あとは、ウイッグをかぶせて、おしまいだけど、そのまま目を閉じておく？　全部が整うまで」

君は、いや、アンジュはこくりと頷く。がさがさという音がして、マナがウイッグを探しはじめる。どれにしようかな、と独り言も届く。もうすぐアンジュに会える。ぼくの中にずっと潜んでいたアンジュに……。白砂緑にはじめてリップを塗られた時に感じた嫌悪感と興奮を思い出した。まだ、あの時は心の準備ができていなかった。今なら、自分の中の違和感と和解することが可能な気がした。

ウイッグがかぶせられた。ぐいと頭に押し込まれる。ウイッグのもみあげの辺りにある出っ張りをマナは引っ張った。ウイッグが頭にすっぽりと収まる。マナが櫛《くし》で、はみ出した個所《かしょ》を、細かく、丁寧に、整えていく。

「うわあ、できた。すごい。さあ、目を開けて、いいよ、ほら、ご対面」

すぐには目を開けることができない。君は心が落ち着くのをさらに待った。そして、ゆっくりと数字を十まで数えてから、目を開けた。ゆっくりと目の中に光りが集まってきて、一つの像をそこに浮かび上がらせる。

目の前に、アンジュがいた。

「可愛いじゃん。ね？　可愛い。わたしなんかよりも、ずっと綺麗」

マナが言った。君は、アンジュと対面したまま、瞬きさえもできずにいた。滝本良子にメイクをされた時よりも、ずっと女性だった。かぶせられた茶色のウイッグは胸元まであるかなり長めのもので、肩から下は巻いている。目元は付け睫毛のせいで自分の目ではない。別人の意志がそこに宿っている。少し動くと、鏡の中の女性も一緒に動いた。安藤光一の中から、男性的なものがすべて排除され、完全に奪われ、一切消されていた。

「これ、ぼく?」

男の低い声に驚く。その声は鏡の中の女性とは不釣り合いに響く。

「アンジュよ」

「……アンジュ」

「どう? 教えて、どんな気分? 嬉しい?」

「わからない。言えない。まだ、何が起こったのか、いや、この声が、……混乱するよ」

「声もいつか、教えてあげる。女の子の声にする方法があるから。それよりも君の心が女性化すれば、自然に何もかもが馴染むはず。納得できる、はず。目の前にいるこの子がもう一つの、あるいは本来の君の姿なのよ。決着、つきましたね」

君はアンジュと見つめ合った。心なしか、幸せそうな顔で、アンジュは君を見ていた。

3

君は大学へ行かなくなった。

キャンパスだけでなく、アルバイトにも顔を出さなくなり、部屋に引き籠《こも》ることが多くなった。アンジュを認めた途端、それまでの自分が否定されたからか、新たな混乱が押し寄せてきた。君は家の中で、鏡を見て過ごすようになる。自分とアンジュの狭間《はざま》で、悩み続けた。そして起きる。その繰り返しの日々を泳いでいた。時々、マナが食べ物を届けに来た。そして、眠り、そう、と誘われたが、肉体と精神が折り合うまでリハビリが必要だから、と断った。心配そうに眺めるマナに、君は弱々しく微笑み返すことしかできずにいた。

君は夢の中でアンジュに会った。夢なので、どういう場所で向かい合っているのか、なぜ向かい合っているのか、などは不明。自分にそっくりな若い女性が目の前にいる。黒と白のメイド服を着て小悪魔風な出《い》で立ち。ゴスロリ系のミュージシャンのようにも見える。どことなく、嬉しそうな、今にも微笑みだしそうな、柔らかい表情を浮かべている。気持ちを隠すように、僅かに俯き、はにかむそぶりをみせた。

「もしかして、その格好が嬉しいの？」

君が質問する。どういう話の脈絡の中で、そんなことを訊いたのか、わからない。でも、夢だからだろう、と納得する。アンジュの口元がほんの少し、スローモーション映像を見ているような、ささやかな速度で緩んだ。

「嬉しいです」

もう一人の自分が答える。それは紛れもなく自分の声。でも、普段の声よりも、ぎゅっと声帯を締めて、高い。佇まいや、仕草や、雰囲気は女性のそれである。嬉しい、という単語が君の頭の中で広がっていく。

「幸せなんだ。アンジュでいることが」

「はい。とっても。解放されたように」

別人の自分がもう一度肯定する。これは夢なのだ、と君は自分に言い聞かせる。夢でなければこのようなことは起こりえない。夢ならばまもなく覚める。馬鹿げた夢から、いち早く覚めなければ……。そう念じた次の瞬間、君の意識が何かにぐいと引っ張りあげられた。アンジュの存在が希薄になる。現実と虚構が混ざり合って、視界がまどろんだ。酔いが覚めるような覚醒がはじまる。アンジュが掻き消されてゆく。ぼんやりとしたままだが、まもなく視界がどこからともなく晴れ渡ってくる。

ドアをノックする音が君を現実へと連れ戻す。遠方から近づく楽隊の太鼓のようにそれははっきりと聞こえはじめ、ついには、君を完全に目覚めさせてしまう。

「あ、はい、今！」

と君は少し大きな声で告げる。どこかへ消えてしまったアンジュのことを意識の中で探しながら、掌で素早く顔をこすった。そうか、幸せなんだ、と小さく吐き捨ててから、君は立ち上がる。


ドアを開けると、薄暗い廊下にぽつんとマナが立っていた。まだ夢の中にいるような奇妙な鼓動が君の胸の内側を擽《くすぐ》る。隣人は笑顔だった。

「大丈夫、ですか？」

「うん」

「ごめんね、少し責任感じてる。あれから、ずっと学校休んでるじゃない。わたしのせいね」

「なんで？　ぜんぜん、平気。マナのおかげで自分を知ることができたんだ。感謝してるよ」

マナが頷き、微笑んだ。

「今夜、暇ですかって、きっと暇ですよね、もし、何も予定がなければ、わたしとデートしてもらえないかな、と思って。一緒に映画でも観《み》に行きませんか？」

「うん、いいよ」

反射的にそう戻した自分が意外でもあった。学校もバイトも休んでるというのに、マナと映画を観に行くことはできるのだから。まあ、気分転換を兼ねて、と君は自分に言い聞かせる。

「じゃあ、すぐに準備します。着替えたり、なんだりで二時間後くらいに、迎えに来ますね。よければ、知り合いが渋谷でバーレストランやってるので、そこで夕食御馳走《ごちそう》させてください」

君は頷いた。マナは微笑みながら、楽しそうに戻っていった。二時間、どうやって時間をつぶそう、と君は考える。


とりあえずシャワーを浴びて着替えた。それからニルヴァーナを聞きながら鏡を覗き込んでじっと自分の顔を見ていると、改めて、マナと約束したことを後悔した。それから、パソコンに向かって、メールのチェックをした。そう言えば、と君は声にしてみる。ここ最近ずっと、Keyからのメールが届かない。不意に連絡が途絶えると、普段あんなに煩わしく思っているのに、寂しさを覚える。君はパソコンの受信トレイを辿って過去の着信履歴からKeyのメールを探し出す。十日前、マナの部屋でアンジュになった、その翌日に届いたメール。これが最新の、そして最近では最後のメールでもあった。

『アンジュ、
強制女装という言葉は私が作った言葉じゃないのよ。

昔から、この世界では普通に使われている。

いいえ、古代から、強制的に女にさせられてきた男たちがいたし、それを喜ぶ人たちも大勢いた。

でも、本当は本人がいちばん喜んでいる。

アンジュ、あなたも女装させられることに、まもなく、至福を覚えるはず。

Key』

君は何度もそのメールを読み直す。夢の中で、もう一人の君は幸福そうであった。完全な化粧を施し、メイド服を着て、まるでアニメのキャラクター然とした姿と仕草。不愉快な気持ちよりも、その姿を可愛いと思っている自分に君は驚かされる。慌てて邪念を振り払い、ベッドに寝転ぶ。携帯が鳴った。バイト先からだ。心の問題もあったが、滝本良子にも会いづらくて、インフルエンザにかかったと嘘をつきずっと休んでいる。バイト先の店長や滝本良子から再三電話がかかってきていたが無視した。給料は貰ったばかりだし、もう、バイトなんかどうでもいい。このまま、全部をなかったことにしてしまおう、と考えている。眠くないのに、眠りたい。起きてしゃきっとしなければと思うが、どうしても気力が湧《わ》かない。どうしたいのかが、わからない。このままアルバイトを辞めてしまったら、本当にやるべきことがなくなってしまうのではないか。「月の会」にも退部届けを出した。提出しなければならない小説も捗《はかど》ってないし、まず、書きたいという気が起きない。でも、死にたいわけでもないし、死ぬのさえ、そこに辿りつくまでの手順や気持ちの持っていき方を考えると、面倒くさくて実行できそうになかった。いや、死ぬ勇気なんてものは最初からカケラもない。すべてはポーズで、かっこ悪い人間の独りよがりにすぎないのはわかっている。やっぱり自分には何もないのだ、と思うしかなかった。君は、ベッドでごろごろしながら、思わず自分自身のことを憐《あわ》れんで笑ってしまう。視野の中に、Key から送り届けられた化粧道具と衣装が飛び込んでくる。部屋の隅に丸めて置いていたもの。アンジュは幸福そうだった、それに引き換え、現実の自分のなんと哀れなことか……。

退学するのも悪くないな、と閃《ひらめ》く。このまま、意味もなく大学に通い続けていることが耐えられない。貴重な青春のひと時をあまりに無意味に過ごしすぎている気がしてならなかった。小説家になりたいという強い意志もないのに、作品だって何一つ最後まで書き上げたことはなかったし、教授には半ば諦《あきら》められていて、いわば落ちこぼれ。このまま通い続けて、いったいなんの意味があるのか。君は絶望とは異なる空虚を抱えている。大学を中退してどうすればいいのか、わからなかったが、やめないとわからないこともあるような気がした。就職するにも、目指すものが見えない。どうやって金を稼ぎ、何よりも自分をどんな風に維持していけばいいのかがわからなかった。読み飽きたコミックを再読し、他に手立てがないからと、やり飽きたゲームに向かい、パソコンの青白い光りを浴びながら、途方にくれる日々にいるのには、もううんざりだった。

ドアをノックする音が君を我に戻す。嘆息を零しながら、ドアを開けると、廊下にゴシックロックの格好をしたマナが立っていた。頭には二重のレースでボリュームを出したカチューシャが。ふわふわの白いブラウスの上には、肩口にフリルを施し、胸元が大きく開いた黒のワンピースを、スカート部にはパニエによってふわっと広がった真っ白なエプロンを巻いている。ロック色の強いアクセサリーを身につけている。ブラウスの襟元には黒い大きなリボンが結ばれている。黒タイツはほっそりとした女性の足をよりいっそう色っぽく際立たせた。ヴィクトリア王朝時代に王族に仕えたメイドを想起させ、胸奥をきゅっと抓《つね》られた気分になる。君は口を開けたまま動けない。アニメや漫画などでよく目にするメイド服だが、実物のコケティッシュさと妖しい迫力に圧倒されてしまう。黒髪は胸元まで達していて、艶やかに輝いている。微笑む唇にはたっぷりとグロスが塗られ、艶めかしく光っている。何よりも、目の周りは真っ黒。上瞼だけじゃなく下瞼にまで付けられたアイラッシュの重厚さに引き込まれた。その中心で妖しく輝く黒曜石の瞳。デートの誘いに来た時とは別人の佇まいである。口紅までが黒い。お待たせしました、と隣人がハスキーな声音で告げるまで、君はまったく動けずにいた。

クラスメートに出くわすのを避けるために、君たちは国道からバスで渋谷を目指すことにした。年配の物静かな乗客たちの中にあって、マナの存在は極めて異質。前に座る老人はゴシックロック調のマナの格好を瞬きもせずに見上げている。バスが大きく揺れてマナがバランスを崩し、君の腕にしがみついた。誰がどう見ても、恋人同士に見えるだろうな、と想像して、君は可笑《おか》しくてしょうがなかった。

「前に妹がいた話、したでしょ？　火事の時、ほら、取り乱したわたしが君の部屋に避難させてもらった時に少しだけ話したような気がする、覚えてる？」

「覚えてる」

「あの子が今もずっとわたしの中にいるような気がしてならないの。わたしの肉体は一つだけど、もう一人の命を引き受けてしまったのかもね。あの子がわたしの中で一緒に生きているのかもしれない……」

バスが渋谷駅に到着し、君とマナは真っ先に降りた。大勢の人間が駅前に溢れかえっている。このところ何日間も部屋の中に引き籠っていたので、人いきれの中に降り立ち、君は眩暈を覚えた。

「大丈夫?」

マナが君を支える格好となった。マナの手を握りしめ、バランスを保つ。

「なんでこんなに人間がいるんだろう。みんな一人一人違う人間なんだよね?」

「そうよ、誰ひとり同じ世界では生きてない。違った世界を持っている」

信号でつかまり、二人は群衆の中で立ち往生する。君は不意に誰かに暴力を受けるのではないか、という恐怖を覚える。同じ方向を見つめて、信号が変わるのをじっと待つ無数の人々の中で、一つの記号のようになって存在している自分が滑稽でもあった。

「わたし、光一に恋してる。校内で君を見かけた時、強い何かを感じたんだ。その何かがなんなのか、実は、いまだにわからないんだけど……。でも、この前、光一にメイクを施しながら、あ、やっぱりって、わかったような気がした」

君は赤い信号から視線を逸らし、隣人の横顔を見つめる。笑っているのか、泣いているのかわからないような表情でマナが君を振り返る。中性的な、強い意志を持った者の目。男でも、女でもない、どこにも所属しない者の悲しい目……。

「覚えてないかもしれないけど、ずいぶんと前に学食で一緒になったことがあって、あの時が君を認識した最初で、めちゃくちゃ、どきどきした。君は一人、わたしの前に座ってて、で、少したら、目が合った」

「いつ？」

「一年くらい前かな。自分と同じような匂いを感じた。中性的な、男でも女でもない、新しいジェンダーを持った近未来人だなって……。誰だろう、この人」

君は眉根を寄せて、

「まるで Key のようなことを言うね」

と戻した。

「でも、わたし、その人じゃないわ」

否定されたのに、肯定したようにも聞こえた。君はまっすぐにマナを見る。瞬きもしない強い視線が戻ってくる。

「その後、光一が同じアパートに住んでいることを知って、運命を感じた。しかも、偶然にも、もしくは運命の悪戯かしら、隣だった。階段を下りようとしていたら、光りの中から君が駆け上がってきてすれ違った。わたしは神様に感謝をした。それからずっと、毎晩、光一が壁の向こう側で寝ていることを意識しながら、わたしは生きることになる。この幸福が壊れるのは恐ろしいこと。でも、告白しないでは生きていけないほど、君のことが気になって……。あの火事の日、わたしは光一の部屋に避難して、生まれて初めて魂が解放されたような幸福を味わった。なぜか君にだけは自分のことを、本心を、躊躇うことなく話すことができた。今もそう。だから、普段絶対に言わないことまで喋ってるんだと思う」

マナは大きく肩で一呼吸してから、僅かに、目元に涙を滲《にじ》ませた。

「わたしとお付き合いしてもらえませんか？」


二人は大きなシネコンに入り、ハリウッドの映画を観た。そこでもやはり大勢の人間が一つの方向をじっと見つめていた。恋愛映画だったが、アメリカ人が演じる遠い世界の非現実的な恋人たちに、最後まで気持ちを寄り添わせることができなかった。すると、暗がりの中で、マナが君の手を探し当て、握りしめた。汗ばむマナの手の生々しい感触が、映画館という限りある空間の中で唯一のリアリティを君に持ち込んだ。でも、その手を君は振り払った。そして、ごめんなさい、と君はマナの耳元で謝った。

「たぶん、ぼくは、君と付き合うことはできない、と思う。君は、心も外見も女性そのものだけど、その、うまく言えないけれど、……ごめんなさい」

女性だと思っていた時は、こういう人と一緒に暮らしてみたいと思ったが、同性であるとわかって、偏見とは違う、たぶん君自身の固定観念のせいで、踏み出せなくなってしまっていた。白砂緑とは抱き合えたが、マナとは口づけもできそうになかった。性同一性障害だとわかっていても、何かが君の心を頑なにさせる。それ以前に、自分の中にもう一人の人格が現れて、激しい混乱と葛藤《かっとう》が続いている。自分が混乱しているのだから、マナと向き合う精神的余裕などなかった。

同時に、告白されたことを、君は少し残念に思っている。もし、普通の友達関係でいられたなら、拒むことはなかっただろうに、と。

「わたし、何か間違えた選択をしたでしょうか？」

マナは劇場を出たあと、歩きながら、まるで自分に言い聞かせるように、訴えた。明らかに自分が男であると打ち明けたことを後悔している。視線を落とし、どことは言えない一点を凝視していた。マナを傷つけたことを知る。この人を苦しめちゃいけない、と思えば思うほど、言葉がのど奥にひっかかる。それは、バランスの悪い綱渡りをしているような状態だともいえる。

「いいや、そうじゃないと思うよ。こうやって告白してもらえたことは、とても嬉しい。でも、たぶん、まだ自分の気持ちが整理できてないせいで、どうしていいのか、わからない」

「そうですよね。わかります。……わたしのような」

マナの顔にスクリーンの反射光が照り返し、その輪郭が一瞬くっきりと浮かび上がった。その目の玉にきらきらと輝く湿った光りが溢れていた。口元が微細に震え、視線が泳いでいる。

「そういう風には考えないで。本当に気持ちがまとまらないだけなんだから。最初、マナと一緒にいられることが幸せだった。でも、アンジュが現れて、わからなくなって……、マナが同性であると知って、なおさら」

少し前に座る観客が、うるさい、という顔をして振り返った。二人は同時に俯き、黙り合ってしまう。さざ波のような、精神の震え。心の、遥か遠くの水平線から、長大な時間を費やして押し寄せる静かな震動。荒波ではないが、じわじわと君に向かって押し寄せてくるもの……。得体のしれない意思の群れが、君の心の荒地を移動する。器具によって矯正された歯が目に見えない速度で確実に動いていくような、どことは言えないぼんやりとした痛みと不快さと不安を伴う気持ち、に苛《さいな》まれた。

「少し、お互い時間を持たない？　ぼくにとって君は心の安らぐ場所であってほしいし、ぼくも君にとってそうでありたいと思っているし、その前に、友達であり、先輩後輩であり、隣人なんだから」

マナが、自分自身を納得させるかのごとく、小さく一つ頷いてみせた。


マナに案内された「月の奴隷」という名前のバーレストランは、雑居ビルの最上階にあった。間接照明だけの薄暗い店内だが、入口に比べ中はだだっぴろく、奥には小さなライブ用のステージまでがある。壁に天井まで届くような大きな月面が映写されていて、店に入るなりまずその不思議なライティングに目が止まった。ゆったりと配置されたソファ席がいくつかあったが、客はほとんどいなく、駅前の喧騒《けんそう》を忘れてしまいそうなほどひっそりしていた。マナは迷うことなく、カウンター席に君を案内し、予め決められていた席であるかのように、角の止まり木に腰を落ち着けた。バーテンダーがやってきて、

「何にする？」

と言った。男性だと思っていたそのバーテンダーが、

「あ、安藤君じゃん」

と君の顔を覗き込みながら言った。

「え？　あ、浅岡先輩ですか？　なんだ、君たち、どういう関係？」

「そうだよ、元気？　そうなんだ、そりゃあ、すごい、と浅岡弓子は白い歯を見せつけるようにして、微笑んだ。


隣人、とマナが言った。マナが君との出会いを簡潔に浅岡へ伝える。へえ、と浅岡弓子はぶっきらぼうに返した。君の記憶にある浅岡弓子は髪が長く、大学生なのにいつもドレッシーな格好をした、まるでハリウッド女優然とした女性であった。でも、今目の前にいる浅岡弓子は男性かと見まごうほどに、男らしかった。髪は短く、それを油で寝かせつけていた。薄化粧はしているものの、口紅やアイシャドーは塗ってない。突き出た頬骨《ほおぼね》の上にある大きな目は、凜々《りり》しい鼻梁《びりよう》の左右にまるで油絵の具で描かれたようにくっきりと位置し、鷲《わし》とか鷹《たか》にでも襲われそうな畏怖《いふ》を君に与えた。もともと大学では際立った存在で、男子よりも女性のファンが多かったような印象があった。君が「月の会」に入部したのは、白砂緑の勧誘がきっかけだが、決定的にしたのは、当時部長を務めていた浅岡弓子の存在だった。

「どうしてる、みんな？　緑は？」

「元気です。あの、ぼく退部しちゃいました」

「そうなんだ。そりゃあ、残念だね」

浅岡弓子は慣れた手つきで、二人の前に水を出す。

「先輩はここで働いていたんですね。連絡がないから、みんな寂しがってします。たまには顔を

「ここでバイトしてることは内緒ね。わんさか来られると迷惑だし」

冗談なのか、本気なのかわからない感じで、浅岡弓子は笑いながら告げた。

「それに、バーテンダーが本業じゃない。別の大学の大学院の、修士課程にいる。そこの教授に心酔しちゃって。でも、親が大学院の学費までは出せないというからさ、仕方なくここで働いてるんだよね」

「へえ、そうなんですね、知りませんでした。専門は?」

「マナと一緒、ジェンダーについて研究してるの。なぜ、この世界には男と女が存在するのか、その役割とは。ねえ、君さ、最後に会ったころよりもずっとエロっぽくなったんじゃない?」

君と浅岡とのやりとりをマナは観察している。浅岡弓子は男に見え、マナは女性にしか見えなかった。君は、気づかれぬよう、二人を交互に見比べている。


浅岡弓子が二人のために簡単な軽食と飲み物を御馳走してくれた。機敏に働く浅岡弓子を眺めながら、二人はサンドイッチを頬張る。マナはここではとくに口数が少なくなった。浅岡弓子は仕事の合間、もっぱら君に話しかけてきた。

「安藤君って、そんなにフェミニンだったっけ?」

普段何してるの? 趣味は? どんな小説書いてる? 緑とはまだ付き合ってる? そして、最後に、ねえ、女装とかしたら、似合うんじゃない? と言いだした。

「なに？　なんか変なこと言った？」

　マナが吹き出しそうになる。君は残っていたビールを飲み干した。

「だって、ぜったいメイクしたら可愛いよね。え？　もしかして、そういうことしてるの？　あ、わかった。マナに習ってんじゃないの？　隣同士なんでしょ？」

　笑いかけていた君の口元がぎゅっと引き締まる。君はマナを振り返り、マナは浅岡弓子を見上げ、浅岡弓子は君の顔をじっと覗き込んだ。

「そうか、図星。じゃあ、今度、見せてよ」

　そう言い残して、浅岡弓子はキッチンの方へと向かった。


「月の奴隷」を出ると、本物の月が二人を出迎えてくれた。帰りは電車で帰ることにして、駅まで続く緩やかな坂道をくだる。

「驚いたな、浅岡先輩、でも、どうやって二人は知り合ったの？」

　君は空を見上げながら言う。君の少し後ろをマナがついてくる。君は歩きながら、振り返る。マナは俯いたままだ。君はマナが追いつくのを待って、並んだ。

「あのね」

　マナが言った。

「ある人を介して、知り合ったの。共通の知人の紹介で、同じ大学に通っているということがわかって、急接近。いろいろと長いんだ、弓子とは」

君はなぜか、その続きを聞いてはいけないような気がして、話題を変えた。

「ね、ニルヴァーナって知ってる?」

「涅槃のことでしょ?」

「え? そうなんだ、ロックバンドの名前なんだけど」

「そのバンド、仏教の言葉からバンド名選んだのね、へえ、どこのバンド? アメリカ? 聞いてみたい」

「涅槃って、どういう意味?」

「悟りの境地。吹き消すという意味があるのよ。煩悩の火を消して、一切の悩みや束縛から脱した安楽の境地に入ること。好きな単語よ。単純に、お釈迦《しゃか》様の死を意味したりもする」


君は翌日、大学に戻った。ゼミのクラスメートたちは君の復帰を温かく見守った。けれど、君自身、決意を新たに大学に戻ったというわけではない。むしろ、複雑な迷いを背負っての復帰でもあった。古川学の部屋で、アンジュの存在を確実に悟ってから、君は今まで以上に強い違和感、無気力に襲われていた。何をしていいのか、どうしていいのか、まったくわからなくなり、他にどうすることもできなくなって、その塞《ふさ》がった気分を変えるために、ただ、大学に顔を出したにすぎなかった。

教授は隠喩《いんゆ》について話をしていた。クラスメートは隠喩という概念をよく理解し質問をしていたが、途中参加した君には少し難しかった。

「安藤君、わかったかな？」

眉間《みけん》に皺《しわ》を寄せていたからか、教授に名指しされてしまう。君は顔をあげ、

「いいえ、まだなんとなくしか」

と返事をした。

「じゃあ、黒岩君、君が説明してやってくれ」

すぐ隣に座る黒岩聡が咳払いをしてから講釈しはじめた。

「ええと、比喩《ひゆ》法の一つです。なになにのようだ、とか、なになにのごとく、とか、譬《たと》えの形式を使わないで、ええと、伝えたいことの本質を他に存在するものなどを使って、直接に表現する方法。たとえばですね、雪の肌、とか」

はい、そうだね、と頷きながら、教授は満足そうに言った。

「アリストテレスは『詩学』の中で、メタファーの達人はもっとも優れている。普通、言葉はすでに知っていることとしか伝えない。我々が新鮮な驚きを得たければ、メタファーに頼るしかない、と書いているほどだ」

君は、雪の肌、と心の中で呟いてみる。

「お、わかったという顔したな、わかりやすいね、安藤君は」

堀内教授の一言でクラスメートが沸いた。

「でも、君が大学を休んでたのは、ぼくの教え方に不満があったから？」

「いえ、そうじゃありません」

もう一度、全員が笑った。堀内教授が微笑み、

「よかった。ぼくのせいにされたら、こっちもショックだ」

と呟いた。それから、窓外を眺め、しばらく黙った。それが思いのほか長い時間だったので、学生たちの間に不思議な緊張が走った。

「ま、いいか」

教授は自分に言い聞かせるように告げてから、教壇に戻った。

「小説の書き方を教えるのは難しい。そんなこと本当にできるのだろうかって、悩むこともある。こういうこと言うと、君らもショックかもしれないけど、そもそも小説の書き方なんて、教えられるもんじゃない。学問と呼べるかどうかわからないけれど、まあ、その中でももっとも曖昧なものの一つだろうね。教えている人間に素晴らしい小説が書けるのか、まず、そこも疑問だし。その方法は、作家を目指す者たちがそれぞれ自分自身で見つけ出さなければならない。導くことはなんとなくできるだろうけど、教えるというのは無理、かな。だから、こうやって教えていながら、ぼくも不安になっちゃう。自分のことを言えば、立派な作家にはなれなかった。そういう人間に何が教えられるのか、悩むところで、だから、何が言いたいのかと言えば、安藤君、君が悩んで大学に来なくなるのもごく自然なことなんだ」

クラスメートから嘆息が零れる。いちばん動揺したのは黒岩聡であった。彼は幾度か咳払いしてみせ、質問するために、何度か手をあげた。でも、堀内教授は無視して続けた。

「ぼくなんか、いつも授業の前、トイレにしゃがんで、震えてる始末。今日は何を教えることができるだろうってね。毎日、大学を辞めて、宮古島にでも行ってさ、釣りでもしながら、書きたいものを思う存分書けたらいいなって思ってる。でも、ぼくには妻子がいるからね、やつらを食わせなきゃならない。渡りに船で、大学の教員の話がきた。なんとなく、キャリアがあったから、この仕事を手に入れることができた。でも、小説なんて、人が教えられるようなもんじゃないのはさっきも言った通り。ジレンマがある。ひとさまに読んでいただけるような立派な作品はまだ書けちゃいない。教授と言われるたびに、ひやひやしてるんだよ。学生が大学に来なくなると、ぼくのせいだな、と悩んでしまう。君が大学に来なかった期間、大学を辞めようか、と何度も思ったよ。宮古島の海の青さばかり想像してた。わかる？　だから、安藤君が戻ってきてくれていちばん喜んでいるのは、実はこのぼくなんだ」

誰も笑わなかった。堀内教授だけが笑った。君は、すみません、と心の中で呟いた。でも、それを言葉にはしなかった。代わりにまっすぐに教授を見つめた。

「余計な話だったな。じゃあ、続けよう。隠喩についてだ。だから、何が言いたいのかっていうと、隠喩とか、さまざまな技法についてだけどね、まあ、とくに覚える必要はない。アリストテレスの言葉をまともに受け止める必要はないってことだ。君たちは、君たちの言葉で君たちの文学を書けばいい。文学って言葉は気恥ずかしいし、むず痒《がゆ》くなるものだけど、でも、ぼくは敬意を持っている。だから、J文学なんて括《くく》り方は好まない。文学という響きは時代的じゃないけど、誰かが静かに隠し持って次の世代まで移動させなきゃならない精神だと思う。少なくともぼくにはその仕事があると信じている。ところで、隠喩について教えると学生たちは隠喩というイメージを面白がって、ことさらそれで文章を書こうとしてくる。でも、スタイルとか形式美に囚われすぎてると思うよ。ここで習うことは、観光ガイドのようなものだと思いなさい。史跡めぐりみたいなものだ。少し客観的に眺めてればいいよ。へえ、そういう技もあるのかって思う程度がちょうどいい。君たちが小説を生み出したいと思うなら、町へ出よ。そして、そこで本来の自分を見つけて、ただ、生きることだ」

君ははじめて堀内教授の存在を知ったような気持ちになった。それだけでも、今日大学へ来た意味を感じることができた。三十分の時間を残し、教授は、じゃあ、今日はここまでにする、と言い残して、教壇を降りた。

「自習にする。なんとなく、余計なことを喋っちゃったので、力が出ない。先生も人間だからね」

教室を出る前に、一度振り返って、堀内教授が君に向かって告げる。

「安藤君。明日は学校に出るか？」

君は、はい、と心にもない返事をする。堀内教授は、よかった、と呟いた。

「君をゼミに招いたのは、君が一年の時に書いた掌編小説、ええとなんていうタイトルだったかな」

「『鏡台の城』です」

「ああ、あれが素晴らしかったからだ。僅か原稿用紙十枚の中に確かな宇宙があった。小説の書き方を何も知らない君だけど、すでに何かを持っていた。それなのに、今の君はその財産を無駄にしている。もったいないと思うよ」

教授は心なしか逃げるように去っていった。緊張していた空気が薄まり、すっと君の耳元で雑音が広がる。クラスメートの顔を見回す。椎名加奈子とまず目が合った。すぐ横にいるのに、いつもちゃんと話をしたことのない存在。彼女がぼくのために書いたあの、詩のような手紙にはいったいどんな意味が込められていたのだろう。強い視線だけを投げかけてくる不思議な存在。その後ろに、無頼漢、中島敦子がいた。この人は目を合わせてもくれない。きっと、その眼中に君は存在していなかった。横に、少女小説の書き手、井上ことみがいた。ことみははっきりとした宇宙を持っている、と君は思った。それは独特の世界で、君が生きる宇宙とはまったく次元が違った。だからか、言葉は通じるけど、心が通じることはない。まだ、目を見ようとしない中島敦子の方が理解はしやすい。みんなが堀内教授の発言を受けてそれぞれ考えを巡らせているのがわかった。三十分を残して不意に終わってしまった授業、南の海に投げ出されたような気の抜けた波の上で、君はぼんやりとたゆたった。頭の中にはインユという響きだけが残った。クラスメートをメタファー化してみるとどうなるのだろう、と君は考えた。黒岩聡は「人生はドラマなり」、椎名加奈子は「薔薇《ばら》の微笑み」、中島敦子は「深剃りの筆」、井上ことみは「白魚の性欲」……。

「なに、ニヤついてんだよ」

黒岩聡が君を小突いた。君は、なんでもないすよ、とはぐらかす。三歳年上の黒岩聡と昼休み、大学正門前の吉野家で牛丼を食べた。

「なるほど、井上は白魚の性欲か、言い得てるな。あいつの書く甘ったるい少女小説の主人公たちはまさにそんな感じ。それに、中島の深剃りの筆ってのもまあまあだな。で、俺はなんで、人生はドラマなり、なんだよ。わかる気もするけど」

そう言って、黒岩が笑うと、君の口元も自然に緩んだ。黒岩なりに君に気を遣っているのがわかるから、嬉しくもあった。

「でも、堀内先生の話はけっこう、響いたな」

君は黒岩の横顔を見る。牛丼を頬張りながら、黒岩は続けた。

「俺、国立やめてまで、この創作科に加わったのにさ、あそこまではっきり、自信がないって言われちゃうと、そうだろうな、とは思うけど、じゃあ、どうすりゃいいのって、悩んじゃうね。俺は作家になりたいし、絶対になると思ってここに来たわけじゃん。ところがあれって、ちゃんと教えられないって言われたようなものでしょ。嘘でもいいんだよ、嘘でもいいから、作家になる方法はあるって言ってくれた方が、学費払ってる側からすると気が楽ってもんだ。なあ、安藤はどう思う?」

君は何かがのどに詰まったような気になり、思わず咳《せ》き込んでしまった。

「いや、ええと、難しいですね」

「難しいとか易しいとかそういう問題じゃないだろ。自分の人生かかってんだから」

「はい、わかります」

ちぇ、と黒岩は舌打ちする。

「大学、やめんの？　お前がやめたら堀内さん辛くなるんじゃない？　ほら、ああ見えてすごく繊細だから。あの人の小説と一緒でさ」

「でも、それはぼくの人生ですし」

「まあな。やめたきゃ、やめるさ。こんな大学やめたって、どうってことないし。俺がショックなのは、頼ってきた学生のことも考えてほしいってことだ。お前みたいなやめたいやつのことじゃなくて」

「そうですよね」

黒岩聡は笑った。豪快な笑い方だったので、君はほんの少し安心をする。確固たる確信はなかったが、なぜか、この人は作家になる人なんだろうな、と直感した。

「ところで、あれ、どうなったの？　その後」

「あれ？」

「ほら、なんだっけ、変なメール。アンジュだっけ？」

ああ、と生返事をしたものの、言葉を詰まらせた。不意に胃の辺りがきゅっと攣《つ》ってしまう。マナの部屋の鏡に映ったアンジュのことを思い出してしまい、恥ずかしくもあった。

「その後、メールは？」

「最近来ません」

「よかったじゃない」

「よかったのかな……」

黒岩聡は、どういう意味、と訊き返した。

「いや、その、このままうやむやになるのも気持ち悪いから」

「ってか、大切なのは自分の気持ちでしょ？　なんか、そいつに影響受けちゃったんじゃないの？」

「影響ですか？」

驚いて、君は黒岩の顔を覗き込む。その後のことを相談するべきか、もし相談するとしたら、どこから話しはじめていいものか。滝本良子とのことから？　マナのこと？　君は混乱する。

「なんだよ、急に俯いちゃって。大丈夫？」

自分が動揺していることがわかる。周囲の人間に自分がどう見られているのか、気になった。黒岩はどう思っているのだろう？

「変なこと言いますけど」

「なんだよ、あらたまって」

「あの、ぼくって、男っぽくないじゃないですか。それが原因なのかな」

「自分で言わない方がいいよ、そんなこと。男っぽいとかって一つの基準だから。こうじゃなきゃいけないってのは、ないんじゃない？　戦争中じゃあるまいし」

「ですよね」

三歳年上の黒岩に対して、君の言葉づかいは生硬で、曖昧だった。年齢差、性別、格差、いろいろなものが自分の周りに断層を作っている、と君は考え、ため息が出る。でも、黒岩の言う通り、大切なものは自分の気持ち、と君は君自身に訴えてみる。微笑んだ黒岩に君は少し救われた気にもなる。

椎名加奈子に待ち伏せされた。黒岩と牛丼屋を出ると、バス停の陰から、椎名がすっと顔を出した。黒岩がいるのに、椎名加奈子はまっすぐに君を見つめ、ポケットから手紙を取り出し、堂々と手渡した。おやおや、と黒岩が微笑みながら嫌らしい笑いを口元に浮かべた。椎名加奈子は黒岩を一瞥し、下品、と呟いてそこを離れた。見せろよ、読ませろ、と騒ぐ黒岩を振り切って、君は家路を急いだ。銭湯の前の児童公園のベンチに腰掛け、手紙を開封し、読んだ。

『安藤光一さま
あなたはあなたのままでいいの
わたしはわたしのままでいい
せかいはせかいのままそんざいし
うちゅうはうちゅうとしてあればいい
あなたがあなたでいるのであれば
わたしはわたしでいられる
あなたのこころをあけるカギがほしい

わたしがわたしになるカギがほしい
とざされたこのせかいをひらくための
わたしたちがわたしたちでいられるための
ただひとつのカギをさがして
椎名加奈子』

4

日曜日、滅多に鳴らない携帯が鳴ったので確認もせず慌てて出ると父だった。お、光一、元気か、と豪快な声が耳元で弾《はじ》ける。ああ、と君は面倒くさそうに戻す。

「ちょっと話がある。そっちに行くから、ほら、国道沿いの『ガスト』で十五時、平気か？」

「うん、でも、なに？」

「ちょっとだよ、ちょっと！」

「わかった」

君は携帯を切り、ちょっとで呼び出すなよ、と不平を漏らしてから、立ち上がる。

十五時ちょうどに顔を出すと、すでに、奥のボックスシートに父は陣取っていた。君を見つけるなり、大きく手を振って、こっちへ来い、と大げさに手招きした。

「なんだよ、一瞬女かと思ったぜ。青白いし、痩《や》せてるし。ちゃんと食ってんのか、ガリガリじゃん」

「なに、用事って」

「なんか、食えよ。好きなもの」

ウエイトレスを呼びつけ、父親は君の意見も聞かず勝手に注文をはじめた。ウエイトレスがその場を離れると君の父親は、実はな、と畏まって急に声を低くした。

「会社、倒産しちゃったんだよ、倒産、父さんだけに。あはは、つまんねえギャグ？」

君は笑えず、じっと父親の顔を見つめる。そう言えば、白髪《しらが》が増えた。前はもっとふさふさと髪があったのに、後退している。目尻の皺も深くなった。まだぎりぎり四十代、堀内教授とそれほど年齢が変わらないはずだったが、老人のように見える。

「倒産？」

「負債総額を聞いてびっくりするなよ、十億。まるが九個も並ぶんだ、すげえだろ」

口調やくだらない冗談はいつもと一緒。なのに、心なしか元気がない。

「どうすんの？」

「どうすることもできねえんだよ。倒産だもん。まあ、どうすっかね。破産を選んでもいいけど、金貸してくれた連中？　保証人とか、もろもろに悪いからさ、男ってのはそういうところにこだわって生きなきゃダメじゃん。命と引き換えにしてでも、なんとかしねえとよ。なんとかなるかどうか、で悩んでる」

ぼくがため息を漏らすと父は、すまねえな、と言った。君の父親は都心でアパレル関係の会社を経営している。事業を拡大した直後の倒産であった。

「お前の学費も払えなくなる」

「そっか。それは困った」

「学校続けたければ、自分でなんとかするしかなくなる。あと一年なのに、すまねぇ」

「いいんだよ」

とは言ったものの、君はどうすればいいのか判断がつかない。年間の学費、百三十万円が不意に君の脳裏を掠めた。そのほかに生活費もかかる。無理だ。まあ、いいか。ちょうどやめようと思っていた時だから……。

「とにかく中小企業ががんがん倒産してる。政治が無能だからよ、結局、俺たちのところにしわ寄せや付けが回ってくる。知ってるか？　毎年三万人もの自殺者が出てんだぞ。こんな先進国は他にねぇ」

やれやれ、と父は呟いた。

「母さんはどうしてるの？」

「どっちの？　新しいの？　古いの？」

「俺の母さんは一人。新しい人はお母さん。おがつくか、つかないかの差だけど」

「おっかァはおっかねェってか？」

君の父親は下品に笑ってみせる。笑ったり、冗談を言ったりできる元気があるならば大丈夫、と君は父親の顔を覗き込みながら、思った。

「なんで？　あいつは十年以上も前に、俺とお前を捨てて出てった女だ。少なくとも、俺にはもう関係ねぇ」

君は母親のぬくもりも、微笑みも、会話らしい会話も、覚えているようで覚えてない。あるいは覚えているのだけど、無意識のうちに掻き消してしまっている。まるで残像のような曖昧な記憶。目を閉じてしっかり思い出そうとしなければ、母の顔が心に思い浮かぶことはもうない。データが飛んでしまうかのように消え去った女の顔。朝、鏡に映った自分の顔に涙の痕跡を見つけては母の夢を見ていたのだ、といつも悟るだけの、関係……。

「お前んとこに連絡するって一昨年電話があったっきりだ。お前の住所とかいろいろ教えておいたけど、なんにも連絡なしか？」

君の視界の先、ガラス窓の向こう側を滝本良子が過った。驚いたことに、店長と腕を組んで歩いている。君は思わず顔を背け、身を縮めて、彼らが通り過ぎるのを待った。

「誰？」

「バイト先の先輩と店長」

「できてんの？」

「知らないよ」

「二人ともありゃ家族持ちだな。どう見ても午後の不倫って感じ？　それにしても、やけに堂々と歩いてんな。ちぇ、いい時代になったもんだ。不倫も文化ってか」

店長は東京の郊外から通っているが、バイト連中が見たらどう思うだろう。滝本良子は平気なんだろうか？　夫に目撃されたら、どんなことになるんだろう、と君は想像をする。次の瞬間、笑っている滝本良子が君を振り返った。目が合い、笑い顔が強張った。君は視線を逸らして、今見たことを忘れることにした。

母が家を出たのは君が小学生の時。なんの前触れもなかった。朝、出かける時もいつもと変わらず普通だった。ふっと、もともと存在していなかったかのごとく、消えてなくなった。その少し後に、母親を名乗る新しい人が家にやってきた。今になって冷静に考えれば、女好きの父にこそ、その責任の大半があったのかもしれない。母のせいだけではなかったのだろう、と君は想像する。でも、じゃあ、なぜ自分を父の元に残していったのだろう。腹を痛めて産んだ息子を別の女に委ねられる女を君は想像できない。生き方も考え方も何もかも父と母とでは正反対だった。その二人が結婚をして自分が生まれたのだ、と君は結論づける。だから、ぼくは空っぽなんじゃないのか……。

母のことでいくつか思い出すことのできる断片的な記憶がある。それらは逃げ水のような曖昧なもの、摑もうとすると、すっと消えてなくなる蜃気楼《しんきろう》のような、記憶。

君が知る母親はあまり化粧っけのない、実際には化粧をしていたのだろうが、濃い化粧ではなく、素肌が印象的な人だった。大学の先生をしていることは知っていたが、どういう立場で、どのようなことを専門にしているのか、わからない。いつも書物に囲まれ、読書に没頭しているような人であった。声をかけても上の空の返事ばかりが戻ってきた。でも、確かに父が惚《ほ》れるだけの個性的な人でもあった。逆になぜあんなに教養のない父親と恋に落ちたのか、不思議でならなかった。風呂に入る時もずっと本を読んでいたし、身長はずんぐりとした父親より高く、ひょろっとしていた。君は一度母親が入浴するところを覗いたことがある。長い脚を組んで、その上に本を置き、首を傾げて黙々と読んでいた。項《うなじ》はとっても色っぽく、細かい毛が項に沿ってくりくりと巻いていて、そこだけがとっても女性的であった。頬にそばかすがあり、目の玉の色素も薄くて、外国人のよう。小学校の低学年のころに、父兄参観のあと、君の同級生が近寄ってきて、光一の母親はイギリス人みたい、と茶化した。「イギリス人」という言葉の透明な響きだけが唯一の印象となって今も君の心の中に焼きついている。

忘れられない記憶、印象というべきものが、幾つかある。母親の学生時代の友人が家に集まった時のこと。君は小学校二年生であった。集まりに遅れてやってきた母親の友人が君を見るなり、「まあ、おぼっちゃん？　それともお嬢ちゃん？」と訊いてきた。君が返答に困っていると、母親は、女の子だったらよかったんだけどね、と何気なく言った。どうして？　と君は心の中で訴えた。母親は君の気持ちなどお構いなく、笑っていた。母親の友人たちは、女の子だったら、すごく可愛かったわね、と罪もなく同意した。女の子が生まれるってずっと思っていたので、男の子の名前は考えてなかったの。だから、光一という名前は主人が付けたの。スカート穿かせたらきっと似合うわよ、と誰かが言って、母親は、女の子だったら着せたいお洋服がたくさんあったんだけど、と付け足した。たわいもないやりとりだったが、君には大きな衝撃を持ち込んだ。

母の化粧道具を漁《あさ》り、母の口紅をこっそり塗って、母のぶかぶかの下着を身につけ、鏡の前で遊んだことがあった。母に近づきたかったのかもしれない。母を理解したかったし、自分を見てほしかったのだろう。きっと、女の子を産みたかった母親に構われたい一心だったのではないか、と君は当時の自分を回想する。ところが、父が連れてきた新しい母親には可愛がられた。むしろ、本当の母よりも母親らしくその人は務めてくれた。志望する中学に合格した時、新しい母親は涙を浮かべながら君を抱きしめた。記憶に薄い母親は不在だからこそ、君の中で大きな存在となって、でもそれはまるで果てしない闇《やみ》のような存在として、見えやしないのに、そこに在り続けた。君が女性と接する時、必ずそこに母親の姿が投影された。そのことをいちばん最初に見抜いたのは白砂緑であった。

君は最初のころ、白砂緑の中に母親像を探していたのかもしれない。

「いいのよ、光一。私が君のお母さんになってあげるから。ほら、甘えなさい」

「やめろよ、そういうの」

「でも、君は私としている時、いつも匂いを嗅いでるじゃん。母親の」

「そんなことない」

「でも、いいんだよ。私の前でだけは、そのままの光一で」

君は唇をへの字に曲げていたが、でも、同時に緑の母性に感謝もしていた。その時、君はこの世界に生きることを許されたような気持ちを味わっていた。

君は夜道を歩いてアパートへと戻りながら、ふつふつと何かが自分の中から沸き出そうとしているのを感じる。そして、どういう心境の変化か、ついに机に向かって、 こともあろうに小説を書きはじめた。自分をモデルに描こうと思いついたら、じっとしていられなくなった。構想も下書きも何も準備はなかったが、いきなり書きはじめてしまう。空っぽの自分を活字にしなければ、と思った。隠していた、見ないようにしてきた、母親の苦い記憶をなぞることから、その物語は生まれた。誰もが一度は描く自伝的小説。上手に書こうと思っているわけでも、どこかの文学賞に応募したいから書くわけでもなかった。純粋に、書きたい、とはじめて思うことができた。書くことで救われることもある、と気がつき、君の筆が動きはじめる。幼いころの孤独な自分について書いているうち、過去を認めているような安堵《あんど》感を覚えていった。自分が無駄な人間として生まれ落ち、人間界で成長していく様を描いた。批評的で、乾いていて、ニヒルな視線の中から物語はスタートした。

自分の存在の意味を書くことの中で感じてみたかった。いわば、自分のために、君は書きはじめたのである。

放課後、学生ホールでぼんやり佇んでいると、白砂緑に、ちょっといいかな、と声をかけられた。

「ねえ、光一さ、何よ、いきなりの退部届け？　で、ことみから聞いたけど、大学に来てなかったでしょ？　大学やめるんじゃないかって、もっぱら噂になってる。どういうこと？　少なくとも、君は私の元彼なんだからさ、相談くらいしてよ。こういうこと人から聞きたくないし、それに君、副部長じゃん。しっかりしなさいよ」

「え？　ぼく副部長だったの？」

「やめてよ、なに、それ、今ごろ。部会で決めたじゃん」

「あれ、冗談だと思ってた。だって、今まで何もしてないし」

「しなさすぎよ。ほんと、いいかげん」

白砂緑は君の顔を覗き込んで、ふっと、白い歯を見せて笑った。悪戯っ子の表情だったので、君は一瞬安堵した。

「あのね、簡単にやめられると、部員たちに示しがつかないのよ。ねえ、取り消しなさい。来年、四年なんだからさ、あとのことは後輩に任せちゃえばいいし、最後まで責任持ってやってよ」

「でも、実は大学さえも続けられそうにないんだ。オヤジの会社が倒産しちゃって、その、もう家賃さえも」

「そうなんだ……」

「それだけじゃない。『月の会』とかいっても、ただ、集まって飲んでるだけの部なんだもん。現実を背負った今のぼくには空虚すぎる。それに、文化祭でちょっと何かやるためだけに貴重な時間割きたくないし。自分のこれからを考えなきゃならないし」

「そうそう、文化祭。今年のテーマは君の嫌いな狼男《おおかみおとこ》……」

白砂緑の顔を間近に見ていたら、緑の部屋で口紅を塗られ、抱き合った時のことを思い出してしまった。あの時、白砂緑は自分のことをどちらのジェンダーで見ていたのだろう、と君は回想する。

「ねえ、ちょっと。いい？」

君は白砂緑を校舎の外へと連れ出した。人気のない中庭の木陰のベンチに座らせ質問した。

「前に、付き合っていた時のことだけど、君、ぼくに化粧したことあったじゃない。正確には口紅と、何かちょこちょこっと」

「ああ、チーク、それからアイシャドーね。ウイッグもかぶせた」

「あのあと、抱き合ったよね」

「嫌だ、なに？　急に。でも、思い出してもらえて嬉しいけど……」

緑が無邪気に笑う。

「あの時、君はぼくのことを男子として見てた？　それとも……」

「え？　なに？　わかんない。どうかな。可愛かったから、男でも女でもいいんじゃない？　変なこと訊くのね。でも、やっぱり最後は男だったんじゃないの。ほら、君、ちゃんと腰も振ってたし、私の中で果てたじゃゃん。男としてやることはやってる」

君は聞かれていないか、慌てて周囲を見回した。白砂緑が君の手を握りしめてから、続ける。

「神様が選んだ生殖機能は雄のものだもん。でも、男とか女とか、関係ない。私は綺麗なものが好きだし、化粧の似合う男子がいてもいいと思う。ひげごわごわのマッチョも嫌いじゃないけど、ほら、人それぞれの個性だから。光一にはそういうフェミニンな感じが似合ってる。だって、君に筋肉とか胸毛とかすね毛とか、似合わないじゃん」

君は一方的に言われて、返答に困った。

「ねえ、今度は私の質問。なんで今ごろそんなこと訊くの？　また、ああされたい？」

君は慌ててかぶりを振る。否定しながら、抱き合った時の甘美な瞬間を思い出し、赤面してしまう。

「してほしいなら、するよ。化粧してあげようか？　私の服とか、下着とか着せて、押し倒してほしい？　そうしてほしいなら、するけど」

Key のことを思い出す。白砂緑の強い視線に君はたじろぐ。

「いや、そうじゃないの。今、自伝を書きはじめたんだ」

「自伝って、成功した人とか、普通は有名になった人が過去を振り返って書くものでしょ？　まあ、無名の君が書いちゃいけないってことはないだろうけど」

「とにかく、書いてんの」

「そう。でも、よかったじゃん。やっと作家へ向かう決意ができたというわけね。何もなかった光一にとっては大きな一歩。書き終わったら、真っ先に読ませて。第一の読者になってあげるから」

「ちぇ、相変わらずだな。でも、できたらね。読んでもらいたいし、厳しい批評もしてほしい」

「わかった。もちろん、その中に私もたくさん登場するんでしょ？　付き合ってたころのことも書くのよね？　じゃあ、ちゃんと真実を書きなさいよ。私が今でも光一のことを愛していることもちゃんと書いて。君が変な誤解をして私から離れちゃったって、書かないと。私ね、リーマンなんかと援助交際してないからね」

「いいよ、そういうことはもう。それに君のことは書かない。ぼくが書き紡ぐことで知りたいのはぼくという人間のことだけ。ぼくの中に存在するもう一つの女性的人格の正体」

「へ？　私、君はぜんぜん男子だと思ってるよ。化粧したり、ウイッグかぶせたりしたのは、単に君に似合いそうだったからで、もしも君が女の子に本気でなっちゃったら、引く。私、かなり引きます」

二人は目を見合わせた。生意気な緑の中に、素直な緑がいる。君は緑の純粋でまっすぐで単純なところが好きだったことを思い出す。二人は顔を歪めるようにして、笑い合った。

「引くよね？」

「かなり、引きます！　私はそういう格好の男子が好きなだけで、女の子になっちゃうのには反対なの。女の子のように可愛い男子なのに、おちんちんがついていて、ちゃんと男らしく女である私を口説いて抱いてくれる、ある意味で特殊な存在に、萌《も》えるのよ、わかる？」

君はいっそう大きな声で笑った。でも、納得ができた。気も楽になることができた。やっぱり、緑は好きだな、と心の中で思った。

「光一がいくら綺麗な女子になったとしても、男の心は忘れないでほしい」

「忘れないよ。ぼくは死ぬまで男だもの」

よかった、と緑が胸を撫でおろした。それから、きりっとした目で君の顔を覗き込んで告げた。

「君は私とはじめて抱き合った時、童貞だった。でも、私は処女じゃなかった。そのことが別れた理由じゃないよね？」

「まさか」

「でも、君はけっこう焼き餅《もち》焼いたじゃん」

「そうじゃないよ。君があんまりぼくを求めてくるから、なんだか、怖くなったんだよ。逆じゃん。普通、男の方が求めるもんでしょ？　君の家に行くと、挨拶《あいさつ》の前に押し倒されるんだもの」

「だって、光一が可愛いんだからしょうがないじゃん。私が押し倒さなくて、誰が押し倒すのよ。嫌よ。ねえ、よりをもどして！」

可愛い子だと思う。はっきりと意見を持っている、純粋な人間でもある。彼女といると健康的でいられる。どうして別れちゃったのだろう？　押し倒されるのが嫌だったのかもしれない。そのたびに、男の部分を汚されるようで、苦しくなった。彼女の前で男らしく勃起しなければならない自分に苦しかった。この世界で、男と女の立場が、逆転したのはいつのころからだろう。男子を呼び捨てにする女子、女子にさん付けで話をする男子。挨拶もなく肉体を普通に求めてくる女子、ぼくのような受け身の男子。君は心の中で考え、また可笑しくなる。

「私にはわかる。光一の中にはマゾの血が流れている。私は本質がサディストだから。月の光りを見つめているとものすごく強いエロティシズムを感じる。狼男やバンパイヤを崇拝するのはきっとそのせい。『月の会』に入った理由もそこ」

「ぼくはバンパイヤなんて興味ない。月に対して憧れるのは、心の素直な気持ちを代弁してくれているから、エロティシズムは月に見ない。君とぼくとは、月だけではなく、本質でまったく異なる世界の見方をしている。だから」

「だから、二人は別れた。まあ、いいわ。でも、体も？　心は別れられたけど、その体はまだ私を欲してる？　君の中にある雌の心を私は知ってる。ねえ、もう一度、してみない。また、口紅を塗って、私と抱き合わない？　優しく女の子として抱きしめてあげるわよ」

白砂緑の手が君の膝の上に乗った。まるで男性が女性の足をさするような挑発。侮辱された、と君は思い、それを振り払ってから立ち上がる。その時、二号館へと通じる小道の奥からマナが姿を現した。君を見つけたマナは、一瞬、驚いた顔をしてみせる。緑も急いで立ち上がり、君を見つめるマナを振り返る。時間が滞るような錯覚が起き、三人は陽炎《かげろう》のような木漏れ日の中、お互いの空気を読み合った。マナは何も言葉を発しないまま、数十秒、君と緑の顔を交互に見比べてから、そこを離れた。爽やかな風がすべてを洗い流すように、中庭を吹き抜けてゆく。

「知り合い？」

緑はマナの後ろ姿を見つめながら告げる。君は黙ったままだ。

「あの人は男性なのよ。知ってる？　心が女性なの。そうか、知り合いなんだ。へえ、不思議。いつの間に……。私、あの人のファンよ。いつか紹介してくれない？　ずっと憧れてたの。君にもああいう存在になってもらいたかった」

「矛盾している。さっき、ぼくにはああなったら引くって言ってたじゃない」

「あなたには似合わない、覚悟がないから似合わない。わかる？　だから、引くのよ。でも、あの人はかっこいい。定めとして押しつけられたジェンダーを放棄する覚悟がある。それに、マナさんは私たち女子からしても、同性よ。彼女はある意味で女だと思う。でも、君は逆立ちしても、おちんちんを切除しても女にはなれない。わかる？　根本的な違いがそこには横たわっている。ねえ、どうやって知り合いになったの？」

君は白砂緑を残して、マナとは反対の方へと歩きはじめる。

「光一」

白砂緑の声が中庭に響き渡る。


暗くなるまで、学生街を彷徨《さまよ》い歩き、疲れきってから、アパートに戻った。外からマナの部屋に灯りがついていることを確認し、戻ってきたことを察知されぬよう、階段を忍び足で上った。部屋に入ってからも、音をたてぬよう気をつけ、電気も消したままでいた。膝小僧《ひざこぞう》を抱えながら今日一日を振り返る。学校を休んでいるうちに、自分を含む世界の流れが変わったような気がした。大学に行ってみたものの、自分の居場所を見つけることができない。まず、友達がいないことも一つの原因であった。自分がそこにいなければならない確かな理由も思いつかない。この先、何をして生きていけばいいのかもわからない。大学という場所へ行けば行くほど、自分の存在が希薄にどんどん曖昧になっていく。電気の消えた室内で、息を潜めている自分が可笑しかった。なぜ、こんな風に蹲《うずくま》っていなければならないのか。重たいものが瞼を押さえ込んでくる。なのに瞼が錆《さ》びつき、閉じ切らない。塞がらない瞼から、僅かに奥行きの曖昧な世界が覗く。水の中で膝小僧を抱えているような奇妙な感覚に見舞われる。ため息を漏らすことにさえ、もう退屈してしまった。

生きているけれど、死んでいるのとどこが違うのか、まったくわからない状態にあった。じゃあ、死ねばいいじゃん、と自分自身に問い質《ただ》す。その手もあったか。君は顔をあげ、ぼんやりと死を想像してみる。どうせ、生きている意味もないのだから、生きていても張り合いがないのだから、死んでもいいか……。いっそ、死んだ方が楽になる。生きるためには、なんらかの目標が必要なのに、それが自分には全くないのだから、と君は考えた。目標のない人間は生きている必要もないということ……。でも、死に方がわからない。それに、絶望しているくせに、相変わらず死ぬのが怖かった。不意に、マナが言った「涅槃」という仏教の言葉を思い出す。悟ることなんて、できそうになかった。

君は Key に相談をしよう、と思いつく。気がつけば自分の周囲で、もっとも自分のことを理解している人間が Key であった。自分の中に、アンジュが存在することを見抜いたのも Key。Key が誰なのかを調べることが、今の君の、少なくとも生きる意味になりつつあった。そして、Key こそが、自分の生きる目標なのかもしれない、と君は思いはじめている。君は机に向かい、パソコンの電源を入れた。Keyからの新着メールがあった。

『アンジュ、
大学に戻ったのね、よかった。

それで、心と体は和解できたの？

私は君がちゃんとした学生としてひたむきに勉強をし、素敵な男性としてみんなに愛されてほしいと願っています。

その上で、女装もして、その美しさを世界に誇ってほしい。

あ、女装というのは私個人の願望なんで、これがジェンダーを超えることのお手本だとは思ってないの。

あくまでも、私の趣味ね。

君は化粧映えのする男子だと思うから、化粧してほしいなって思うだけ。

全員に要求したりはしないわ。

君にも、女性になってほしいと思っているわけじゃない。

私が君に望むのは完全な女性化じゃない。

男性であり、女性の美しさを持った新しい人類の登場に興味がある。

わかる？　まだ、君には少し難しいことかもしれないけれど。

でも、私が君に目をつけた時、この子ならば、世界中の男性も女性も驚くくらい美しい存在になれるって思った。

だからって、それでどうなるのって話じゃないんだけど、でも、目をつけたことが大事。

君にとって、アンジュを受け入れることは大変な試練だと思うけど、どうか乗り越えて、その世界で開花してください。応援しているわ。

Key』

君は慌ててキーボードを叩いた。興奮しているし、自分を見失いつつあるせいで、打ち間違いが続いた。

『どうして、ぼくが大学に戻ったって、わかったの？　ねえ、どうしてこのメアド知ったの？とにかく、もう種明かしをしてください。これじゃあ、不公平です。あなたの真の目的も知りたい。ぼくをどうしようというのですか？　もしかして、あなたは椎名加奈子？』

君はパソコンの画面を見つめたまま、待った。返事が戻ってくるまで、最初のうちは、主人の帰りを待ち続ける犬のように、じっと動かず、画面から目を逸らさず……。待っているあいだ、頭の中をさまざまな記憶や想像が過っていった。それは黒岩聡の横顔だったり、堀内教授の言葉だったり、白砂緑の唇、小道の奥から木漏れ日の中にふっと現れたマナだったり……。それらの残像はパズルのように君の頭の中に一枚の絵を表そうとしていた。一時間ほどして、着信を知らせる音が鳴った。うとうとしていた君は跳ね起き、画面を見つめた。Key からであった。

『いいえ、椎名加奈子ではありません。
ただ、私は君の存在を知っていた。
逸材である君を育てるのが私の本来の役目だと思った。
ねえ、ところで、君はアンジュを受け入れたんでしょう。ね、そうよね?
Key』

君は急いで返信文を打つ。会話を途切れさせたくなかった。

『たぶん。でも、かなり混乱しています。どうしていいのかわからない』

『アンジュ、
大丈夫よ、私がそばにいる。
ずっとそばにいるから安心しなさい。
君はもうすぐすべてを理解することができるようになる。
すべてを。
……私を信じるのよ。

Key』

『あの、ぼくは確かにアンジュと出会ってしまった。いや、まだ認めたくないけど、変に考えるとおかしくなっちゃうから、でも、アンジュはいる。います。ぼくの中に。この先どうしていいのか、自分だけじゃ判断できない。それで、この数日、いろいろと考えていました。結論というものじゃないけど』

『なに？』

『あなたに会いたい。会いたくなりました。分からないけど、会って、すべての決着をつけたいんです。自分が誰か、何を目的にしてこの世界にいるのか、どこへ向かっているのか、全部知りたい。これ以上、苦しみたくありません。なぜ、ぼくをアンジュにさせようと思ったのか、もっとちゃんと教えてほしい』

『会うことはできない。
今はまだ時期が早いかな。焦らないでね、そんなに遠くない未来にきっと会える。
少しずつ私たちは会う段階へと向かっている。
君が混乱しているのはわかるけど、君は空っぽだった自分の中にアンジュを見つけた。アンジュを知る前の君はもっともっと空虚なセルロイド人形だった。

でも、今は、私に会いたいと強く思うようになって、そこに何か生きるための光りのようなものを見つけつつある。

少なくとも君は君自身を理解したいと思っている。

そして、君の分身でもあるアンジュの謎を解き明かそうとしてる。

素晴らしいこと。

私は君がその道を極端に踏み外さないよう、こうやって見守っている。

ライ麦畑でつかまえてあげるわ。

時期が来たら、必ず君の前に姿を現すから、待っていなさい。

Key』

『でも』


『大丈夫よ。

優しくて、かっこよくて、誠実な男の子の光一君の中に、可愛くて、綺麗で美しいアンジュがいる。

何度もしつこく言うけど、私は君に完全な女性になってほしいと思っているわけじゃない。

男であることを普通に受け入れ、むしろ男であることを喜んで、女性の格好はするけど、男性を求めるわけじゃなく、女性からも素敵ねと思われるような、とっても新しい男子を求めている。男はこうでなければならない、とか、男はマッチョがかっこいい、と決め込む今までのルールを軽く乗り越えてしまうような、超人類的新しい男子になってもらいたいの。君の中にある潜在的な美しさを引っ張り出して、この灰色の世界を彩ってもらいたい。君にはその素質がある。

Key』

『なんの素質ですか？』

『この世界を少しだけ変えるための』

『どういう風に？　なんのために？』

Key からの返事は戻ってこなかった。次の日も、その次の日も、途方にくれながら、君はただ待つことになった。

君は黙々と小説を書き続けた。大学をやめなければならない、と決意してから、取り憑《つ》かれたようにパソコンに向かっている。書けば書くほどに自分を理解できるような気がしてならなかった。でも、実際には、思っているほど一気に筆は進まず、試行錯誤を繰り返し、書けば書くほどに書かなければならないことの像がぼやけ、書き手である自分自身の気持ちさえもわからなくなることとしばしばであった。でも、その苦しみの中にこそ、書くことでの癒しが存在した。文章を紡ぎ練っていると、そこに自分だけの居場所を見つけることもできた。書くことで自分の生まれ持った謎を明かし、君はそこに本来の、そして今の自分自身を見つけはじめてもいた。作家になるという確固たる目標はなかったけれど、書くことを続けたいとぼんやり思いはじめてもいた。書くことで生計をたてられるとは思えなかったが、それでも今は書くことでしか自分を見つめ直す方法がない、自分をこの世界に存在させる方法がない、ということを知りはじめていた。

一週間ほど執筆のための缶詰状態が続いたある日、籠りっきりになっていた君のもとに井上ことみから電話が入る。駅前の居酒屋で「月の会」の部会が催されるとのこと。どうしても来るように、と井上ことみに再三念を押された。筆を止めたくなかったが、ちゃんと食べていないことを思い出した。気分転換も兼ね、ついでに大学をやめなければならないことを伝えるいい機会、と考え出席することにした。会場に顔を出すと、驚くことにマナがいた。お隣さんでしょ、無理やり誘ったのよ、と白砂緑が言った。

「存在感の超うすい、副部長の安藤君です」

緑が大きな声で告げ、一同から笑いを誘った。

「君をだしに使ってマナさんにも声をかけたの。そしたらね、偶然なんだけど、前の部長の浅岡先輩とは仲良しだったって」

部員たちに囲まれたマナは、背筋を伸ばして凛々しく座していたが、いつものマナとは様子が違う。女性らしい柔らかい眼差しではなく、祈禱師《きとう》のような威圧感のある尖《とが》った目をしていた。部員たちの中からため息が零れる。綺麗ね、と誰かが囁《ささや》いている。宝塚の人みたい。

「浅岡先輩は元気ですか？　ぜんぜん部に顔を出してくれないんだもの」

井上ことみが甘い声で訊ねた。

「元気よ。弓子とは時々、会ってますよ」

君と二人きりの時のマナの言葉づかいではない。先輩らしい態度、威厳と風格に溢れている。

「そうなんですね。メールしてもすぐに返事戻ってこないし。たまに電話が通じると、今はちょっと忙しいって、すぐに切るし」

緑が首を傾げる。君はマナと視線が合う。見つめられ、思わず、逸らしてしまった。

「先輩と光一、同じアパートの隣同士なんですってね」

緑が君に、押しつけるように、試すように、投げかけてくる。たまたまだよ、と君ははぐらかす。

「あの、私、先輩のファンなんです。ずっと憧れていました。綺麗だし、かっこいいし」

言葉とは裏腹な、緑の意地悪く狡猾《こうかつ》な顔つきに、君は不意に落ち着かなくなる。何を企《たくら》んでいる？　君は緑の横顔を睨《ね》めつけた。マナは相好を崩しながらも、

「光栄です」

とだけ戻した。「月の会」の部員は君を除けばすべてが女性。一年生が二人、二年生が四人、

そして三年生が三人の小さな所帯であった。四年生はすべてが退部した。理由を君は知らない。

「本当はわたしも一年生の一学期だけ、『月の会』に在籍していたのよ」

不意にマナが打ち明ける。君も、部員も顔を見合わせ驚く。

「当時一学年上だった弓子とは、問題なかったんだけど、他の部員、とくに同学年の部員たちとちょっと」

「何が理由で？」

緑が突っ込んだ。君は、失礼だよ、と横にいる緑の足を蹴《け》る。

「いいのよ、ほら、戸籍はこの通り、男でしょ。当時は大学内での市民権というのか、わたしのことを女性として認めてくれる人が少なかった。まあ、しょうがないかな。一年生の夏まではもう少し中性的な、男子ともとれるような格好してたし。夏休みを終えて一気にイメージチェンジ、カミングアウト？したので。で、いろいろとあったのよ。馬鹿にされたってわけじゃないんだけど、その、先輩や同級生の男子と揉《も》めて、ええと、不思議な違和感を共有してしまって、と言った方がいいのかしら」

マナは目の前のビールグラスを摑み、素早くのどを潤してから続ける。

「『月の会』に四年生がいないのは、実はわたしのせいかも。わたしのことを毛嫌いした子がいて、わたしにものすごく好意を持ってくれた子もいて、彼ら彼女らと変な関係になっちゃって。それに輪をかけて、ほら、年上の弓子は独裁者だったから、同級生の男子たちの居場所はなくなっちゃったのかも」

「浅岡先輩は今、何をしているんですか？」

誰かが訊いた。

「ちゃんと生きてるよ、いろんなことやりながら！」

掠れた声が君の背後で轟《とどろ》く。続いて、部員たちがざわめく。君が一同の視線を辿って振り返ると、浅岡弓子が戸口でブーツを脱いでいる。

「先輩！」

白砂緑が珍しく大きな声を張り上げた。

「さっき、マナからメール貰ったの。近くにいたから、足延ばしてみた」

悲鳴のような声が室内を満たし、大騒ぎになる。浅岡弓子はスーツ姿。やはり化粧はしておらず、唇の色が日焼けした頬の色と混ざっており、外見はスポーツマンのように見える。さっそく井上ことみが近づき、まるでアイドル歌手に群がる少女のようなふるまいをした。浅岡弓子を中心に輪ができる。マナがトイレに立つと、白砂緑が近寄ってきて、ここぞ君に耳打ちする。

「昔、マナさんと浅岡先輩、付き合ってたんだって。確か去年くらいまで……。でも、マナさんに好きな人ができて、二人の関係はなんとなく終わったって」

君が黙っていると白砂緑は続けた。

「もしかして、マナさん、君のこと好きなんじゃない？」

君が黙っていると、白砂緑が茶化した。

「どうして君たちが隣同士なのか、勘ぐっちゃうな。君にはその気がありそうだし」

「なんだよ、どういう意味？　変な言いがかりつけるなよ」

「だって、マナ先輩、君のことじろじろ、恋人のように、見てたよ」

白砂緑の唇がいつの間にか君の耳の横にあった。緑は上目づかいで君を艶めかしく見た。トイレから戻ってきたマナが座敷の戸口に立つ。あの日の中庭と同じ空気。三人の庭園に不穏な風が流れはじめる。

「ごめんなさい。急に友達に呼び出されちゃったんで、わたし、ここで失礼します。あとは弓子に任せますね」

マナが言うと、驚きの声が湧き上がった。その声を振り切るように、マナは踵《きびす》を返し、居酒屋を出ていってしまう。部員たちの目と意識は次の瞬間、あっさりと浅岡弓子へと集まる。君は、マナが消えた方向をじっと見ている。

「あれ、図星だったかな？」

緑が笑みを含みながら言い捨てた。


君は、マナのことが気になり、十五分ほど席を温めたあと、用事があるのでこれで失礼します、と言い残し店を出た。まっすぐアパートに戻ったが、マナの部屋の灯りは消えたまま。ドアをノックしたが、応答はない。しばらく、薄暗い廊下に佇んで待ってみる。蛍光灯は消えかかっており、チカチカと、微細な振動を伴う嫌な音をあげていた。一時間ほどすると、いちばん奥の部屋の、一人暮らしの老人が銭湯から戻ってきた。薄暗がりに佇む君に驚き、ああ、と一度声を漏らしてから、なんだ、ぼっちゃんかい、と安堵して告げた。

「どうしたの。こんなとこに立ち竦んじゃって」

言いながらタオルで素早く汗ばんだ顔を拭う。

「いや、別に、なんでもありません。ただちょっと、部屋にいるのが息苦しくなっちゃって」

老人は口元を緩めてから、頷き返す。

「ああ、わかる。ここは古くて、ちと狭いからね。こちらの部屋のお嬢さんも、銭湯の脇の、ほら児童公園で涼んでらっしゃった。こんなところに、こんな遅い時間、一人でいたら危ないよって、一応老婆心《ろうばしん》ならぬ老爺心《ろうやしん》で声かけておいたけどさ」

君はお辞儀をすると急いでその場を離れた。どういう気持ちが君を突き動かしているのかわからなかった。恋情とはもちろんいえない。友情でもない。少し欠けた月が古びた町の上にある。羽衣のような雲が青白い月に纏《まと》わりついている。銭湯の煙突を目指して、君はただひた走った。


マナは公園のブランコに座って、微かに揺れていた。ぎい、と錆びた鉄の音が聞こえる。その隣に腰を下ろす。

「どうしたの?」

「マナさんのことが心配になって。その、ずいぶんと探しました」

「ありがとう」

君はブランコを漕《こ》いだ。足を伸ばし、風を感じながら。心地よい空気がシャツを膨らませ、胸元を冷やした。ギ、ギ、と鎖の音が一帯に響き渡る。

「あ〜あ」

とマナが長い嘆息を零す。ため息というよりも、女性であることを一瞬忘れた、少し男の子のような、諦めに近い投げやりな呻《うめ》き……。

「中原中也の気分」

「なんですか、それ」

「汚れつちまつた悲しみに、今日も小雪の降りかかる、汚れつちまつた悲しみに、今日も風さへ吹きすぎる」

悲しそうな詩だなと君は感じつつも、なぜか愉快になってきた。マナが笑いだす。君はむきになって、ブランコの上に立ち、鎖が切れそうなほど、強く前後に揺り動かしはじめる。

「汚れつちまつた悲しみに〜」

少し大きな声で、謳《うた》うように、叫ぶ。

「今日も小雪の降りかかる〜」

マナが追いかけてきた。そして、追い越し、別のフレーズを謳う。

「また来ん春と人は云ふ、しかし私は辛いのだ、春が来たつて何になろ」

「何になろ」

「何になろ〜」

マナもブランコを漕ぎはじめる。二人の体が空中で交差する。

「何になろ〜」

「何になろ〜」

「男になろ〜」

「女になろ〜」

はじめてマナの家で食事をした時の、たわいもなく、まだ何ものでもなかったころの、ささやかだが幸福なひと時を思い出した。恋人とかではなく、友達とかでもなく、こうやって一緒に笑っていられる存在で居続けられれば、それでいいのに、と君は心の中で思うのだった。


君とマナはアパートに戻った。アパートの屋根が見えはじめた時、マナの手がすっと伸びてきて、ごく自然に君の手を握りしめた。自分の手の方が、マナのよりも華奢《きゃしゃ》に感じられる。何か不意打ちされたようで、横にいるマナを見ることができない。もやもやした気持ちを抱えながら階段を上がりきると、部屋の前に白砂緑がしゃがみ込んで待っていた。先に気がついたマナが強くぎゅっと、振り払われるのを警戒してか、君の手を握り直した。白砂緑は君とマナを交互に見比べながら、ゆっくり腰を持ち上げる。

「光一、どうしてみんなが君を好きになるのか、わかる？」

立ち上がり、一歩踏み出した。

「それはね、たぶん、君が男子のくせに女の子のように可愛いからよ。普通の男子がただ可愛いだけの女子を好きになるのと何も変わらないのよ。そ、なんにも変わらない。アイドルと一緒、なんにも変わらない。時代は逆転しちゃったのね。君は特別何かを持った人間というわけじゃない。スポーツマンでもないし、人を笑わせるのが得意なわけでもない、頭がずば抜けていいわけでもない。もちろん、優しい子だけど……。古川さんやことみや、君に好意を持った人間はみんなただ君が可愛い男の子だから興味を持っているのにすぎないの、知ってた？」

君は慌てて白砂緑の視線から目を逸らした。

「ただ、可愛い男子だからみんなが君を持て囃《はや》す。可愛いから君のような無能な男にでもそうやって近づいてくるのよ」

代わりに、君は君の手を握りしめるマナの横顔を見つめる。

「でも、気をつけて、君の本質をみんな知ってるわけじゃない。君の本当の心、魂、姿を知ってるのは、私だけ」

無能な男という響きが君の頭の中を駆け巡る。マナの手先に力が籠る。緑が嘆息を零す。

「こうなる運命かな、と思いながら、ここまで追いかけてきちゃった。なんとなく、今、行動しないと、すべてが手遅れ、取り返しがつかなくなっちゃうかな、と思って……。光一、私は今でも君のことが好き。私の性格は知っているでしょ？　君が好きでもこんな風にしか言えない女なの。古川さんには勝てないかもしれないけど、君と一緒に暮らして、子供を産みたいと思っている。君のことを世界でいちばん可愛がってあげる自信もある。古川さんよりは君のことを幸せにできる。なぜだと思う？」

三人はお互いの顔を素早く見つめ合う。それから緑がこう力強く宣告した。

「私はね、女だから」

君は記憶を辿りながら空想の旅を続けた。何ものでもない君は、空っぽの自分の中から物語を生むことが可能かどうか不安でもある。書きあげたものを読み返すと、とても小説といえる代物ではなく、気に入らなくて、何度も書き直し続けた。そのうち、作文でもない、エッセイでもない、物語の断片のようなものが出来あがってきた。君はいくつもの断片を紡いでは、それを繋げて短編にし、短編をいくつも書き連ねては長編の外枠を拵《こしら》えた。記憶の中に残っている母とのことや、自分のこと、思春期のことや緑とのはじめての交接経験、その印象に印象を重ね、時々現実から空想を取り出しては、筋から逸脱させ、そうすることによって、予定調和が回避され、物語が動くことをも学んだ。小説がだんだん小説らしくなってくると、君は大胆にも登場人物に現実に存在する者たちの名前を当てはめてみた。良子、マナ、緑、ことみ、聡、弓子……。実際に生きる人間たちの個性が、小説内の登場人物たちに別の個性を持ち込ませ、化学変化を起こさせ、さらに物語に広がりが加味された。登場人物の印象が固まったそのあとで君は彼らの名前をもう一度変更した。物語の中に、もう一つの物語をまるで入れ籠《こ》のように隠して、複雑にする方法も発見した。複雑になった物語はさらに四方八方に物語の枝葉を広げ、ある瞬間、君を置き去りにして勝手に走りだしたり、あるいはわがままに止まったり、揺れたり、戻ったりを繰り返すようになっていった。

君は筆を止めるのが怖かった。白砂緑の「無能」という単語が頭の中に蘇《よみがえ》りそうで。それを思い出さないために、振り切るために、君は創作に没頭する道を選ぶのだった。

君は自分を産んだ女が消えた日の、忘れることのできない記憶から、まずは物語を生んだ。その日の自分の気持ちを下敷きに書きはじめた。小説は母親が残していったいくつかの化粧品や下着や服から生まれた。母親が持っていくことのできなかった鏡台が最初の舞台となった。引き出しに残った使い古しの口紅を君は小道具として使った。誰もいない家の中で、君は鏡に向かい、唇にルージュを引く。少年の顔が少女のそれへと変貌《へんぼう》する、母が望んでいた女の子になること、その心の変化を描いていった。実際には経験したことのない光景、印象、記憶だったが、君は空想によって新しい記憶を拵えることに成功する。いなくなった母親を探しながら、成長していく主人公の孤独、悩み、絶望、そして希望を描こうとした。百枚を超えた時、君は手ごたえを感じる。自分の作品をはじめて面白いと思うことができた。物語が急速に動きだすのを警戒しながらも、その振動を喜んだ。そして、気持ちをいっそう引き締め、丁寧にまるで人肌に入れ墨を彫り込むように、筆を入れていく。物語が散漫にならぬよう、自分を戒めながら、紡いでいった。そして百二十枚の最終コーナーを曲がり、まもなく百五十枚を超えた。何ものでもなかった君がついに作家になる瞬間でもあった。

小説「鏡台の城」の下書きがほぼ完成した夜、Keyからメールが入った。

『君は今そこで何している?
学校また休んでるんですってね。
まあ、それはいいけど、閉じ籠ってばかりじゃダメ。
それに、アンジュのこと忘れてない?
Key』

君は今までになく冷静にキーボードを叩いた。

『訊きたいことがあります。ぼくは無能ですか?』

送信をクリックしたあと、どうしてそんなメールを送ったのか、と君は苦笑してしまう。ぼくは無能ですか、という質問ほど、無能な質問もない。自分に半ば呆《あき》れながら待っていると、三十分ほどして、Key からの返事が戻ってきた。

『無能?
おかしなこと訊くのね。
誰かに無能だって言われたの?

むしろ、そういう言葉を他人に対して使う人間の方が無能なんじゃない？
アンジュはとっても独特の空気を持った知的な青年だと思いますよ。
私にはわかるの。
人がなんと言おうと気にしちゃだめ。
人間の数だけ違う考えや個性があるのよ。
そのいちいちに君は従うつもり？
それこそとっても馬鹿げたことだわ？
君は君らしく、アンジュである自分を大事に、自信を持って、生きればいいのよ。
Key』

『でも、ある人が、ぼくがちやほやされるのは男子のくせに女の子のようだから、と言いました。Key、あなたもぼくのことをそう思っているでしょ？　ぼくは出来そこないの男児にすぎない。子供のころからそのせいでずっといじめにあってきた。母親にも逃げられて。この、幼い顔つきが嫌いです。青白い顔が許せない。じゃあ、なぜ、あなたはぼくにこんなに関《かか》わるの？　女装のための衣類やウイッグまで送りつけてきて。ぼくがただ男っぽくないから？』

メールが戻ってくるのに、少しの間があいた。君はその間、自分を宥《なだ》めながら、説得しながら、我慢しながら、待たなければならなかった。

『アンジュ、
返事遅れてごめんなさい。

急な電話があったから……すぐに返事ができませんでした。

それにしても、アンジュ、卑屈にならないで。

君はもっと自信を持って生きなきゃ。

でも、そうね。わかったわ。

じゃあ、一度はっきりと言っておきましょうね。

私は君を無能だとか、可愛いだけだとか思ってはいません。

ただ、私の個人的な嗜好《しこう》に君という存在がぴったり合ったのは確か。

私は可愛くて、綺麗で、知的で、想像力豊かで、フェミニンな男性が好きなの。

誤解しないでね、男性でも女性でもない中性的な、まさに君のような子が好み。

これは嗜好の問題だから、なぜ、と訊かれてもうまく説明できないけれど、可愛い男の子を女装させて一緒にデートしたいという願望が昔から強くある（笑）。

あまりマッチョな、つまり世間一般にいう男らしい男は好みじゃないのよね。

性格が脂ぎった人とか、俺についてこい的な、いわゆる男性性をことさら強調するタイプの人はダメなんだな。

透明で、豊かな少年性を持っていて、どこか少女のような可憐さを秘めている子が好み。

外見はそんな感じ。

そして、中身はその外見の素晴らしさにまだ気がついてなくて、汚れていなくてという意味、それを売りにしていない純粋な子が好き。

その子なりに芯《しん》が強ければ、言葉づかいや仕草が多少なよなよしていてもオーケイ。つまり、まさに君のような子を探していたの。

どう？　わかったかな？

Key』

『でも、じゃあ、こんな回りくどい方法を使わないで目の前に現れて、そう言ってくれたらいいじゃないですか？』


『うん、いつか。

君が私を受け入れる下地が出来あがった時に、私は君の前に出現します。

少しずつ、隔たりを埋めて近づいていってるから、その時はそう遠くないと思いますよ。

私は君が好き。

これは、愛、です。

Key』

それがその日の最後のメールとなった。君は大きくため息をつき、両手で眼球を押さえ込んでしまう。疲れがすべての神経を経由し、体の隅々へと行き渡る。

翌朝、君は魘《うな》されて目が覚めた。夢の内容は思い出せないが、悪い夢を見たらしく、激しく寝汗をかき、寝起きも悪かった。昼時までゴロゴロと部屋で過ごし、昼食をとるために外出した。隣のマナの部屋のドアを一度振り返った。音もなく、静寂がたゆたっていた。

駅前の繁華街を目指して国道沿いを歩く。勤めていたコンビニを道の反対側から眺めてみる。店長からも滝本良子からも連絡はない。完全に縁が切れたということだ、と君は自らに言い聞かせる。店長らしき人物の姿は確認できたが、滝本良子は見当たらなかった。ポケットに手を突っ込んだまま、しばらくぼんやりとコンビニを眺めていた。交通量が多く、目の前をひっきりなしに車が過っていく。白砂緑に言われた、無能という単語ががらんとした頭の中で反響する。自信過剰な父親にさえ、そんなことを言われたことがなかった。考えれば考えるほど赤面し、頰に熱を帯びる。

君は駅前の立ち食い蕎麦《そば》屋でそばをすすってから、パチンコ店に入り、小一時間スロットをやった。持ち金の半分ほどをすってから、店を出たところで、滝本良子と出くわした。若い、彼女からすればいくらか年少の、でも君からすれば十歳は年上に見える男性と手をつないで歩いていたが、その男性は、前にファミレスの窓際に並んで座っていた彼女の夫ではなかった。もちろん、コンビニの店長でもない。滝本良子は君を確認するなり、慌てて摑んでいた男の手を離した。握られていた手をいきなり振り払われた相手の男は、目の前に立つ君にがんを飛ばした。

「ねえ、なんで連絡しないの？　店長カンカンだったよ。どうしちゃったの？」

無能という単語がまだ鼓膜の奥で燻《くすぶ》っている。

「ちょっと、行きづらくなっちゃって」

「私のせい？　ねえ、そうなんでしょ？」

「そうかもしれないし、そうじゃないかもしれません。いえ、あなたのせいじゃありません」

滝本良子の連れの男はどうしていいのかわからないという顔でたばこを吸いはじめた。

「ガミちゃん、後で連絡するから、また今度にしよう」

滝本良子はポケットから千円札を数枚取り出し、男の手に捻《ね》じ込んだ。頷きながら、男は来た道を戻っていった。どういう関係なんだろう、と君は想像してみるが次の瞬間、押し倒された時の滝本良子の重みを思い出してしまう。

「時間ある？」

言い終わる前に、滝本良子が君の手を引っ張った。


無理やりパチンコ店の横にある喫茶店に連れ込まれ、奥のボックス席に座らされた。コンビニを辞めたの、と滝本良子。給料が安いこと、店長に関係を求められたこと、夫が借金を作ったのでもっと稼がなければならなくなったこと、などを矢継ぎ早に君に説明した。

「大変でしたね」

君は思ってもいない心配をしてみせる。話が一頻《ひとしき》り終わると、滝本良子はコーラに口をつけた。それから、

「あんたの体、気持ちよかったわよ」

と笑いながら、君のことなど考えるそぶりも見せず口にした。

君は寒気を覚える。滝本の唇が血に染まる赤色に見えた。ライオンが子鹿の肉を引きちぎったあとのような。目が据わり、獲物に照準を合わせて、じりじりと、にじり寄ってくる。君は視線を微妙に逸らしながら、迫ってくるものから逃げた。

「柔らかい肉、餅肌《もちはだ》、華奢な骨、まるで女の子としているみたいだった。なのに、ちゃんと君にはあれがついてる」

「やめてください。そういう話、聞きたくありません」

滝本良子はストローを外し、グラスに直接口をつけてもう一度豪快にコーラを飲んでみせた。

可愛いだけの男という響きをまた思い出す。

「目を逸らさないで、私を見なさい」

君は仕方なく、滝本良子を見つめる。長い時間、二人は見つめ合った。綱引きのような、静かな時間が流れる。君は負けるわけにはいかなかった。相手を睨みつけ、心に隙《すき》を作らないよう、脇に、足先に、指先に、目元に、力を込めた。

「まあ、いいわ。その気がないならしょうがない。ねえ、じゃあ君、働く気ない？　お金稼ぎたくない？」

君は大学をやめなければならない自分の身の上を口にしかけて、やめた。

「私が今勤めているクラブが女性客を相手にした新しいバーをはじめたの。女装した男子がメイドになって、女性客にサーヴィスをする、そうね、新しいタイプのホストクラブかな。昔のイケメンホストのクラブはもう流行《はや》らないのよ、最近の女性たちは、私もそうだけど、性癖が変わりつつある。で、会社を経営する女社長たちで大繁盛。君が女装すればナンバーワンになれる。若いし、可愛いから。アンジュという名前で、どう？」

君は瞬きすらできない。男としての威厳も、人間としての誇りも、そこにはない。でも、ここで負けるわけにはいかない。自分が無能かどうか、決めるのは自分なんじゃないのか、と君は自分自身に強く言い聞かせている。

「大学が終わってから出社すればいいのよ。最初は時給五千円、でもナンバーワンになれば月に百万円くらい稼げるのよ。年収千二百万円。プラス副収入もある。女社長と一晩付き合えば、数万円のお小遣いが貰える。私みたいなおばさんたちばっかだけど、ちょっと我慢するだけで、高収入。それで好きなもの買えるじゃない。いい暮らしができる。女の子のホステスなんかよりずっと稼げるわよ、きっと、君なら」

滝本良子が君ににじり寄った。体を押しつけられ、ボックス席の奥へと逃げたが、伸びてきた手に膝をさすられてしまう。抵抗できるはずなのに、体が動かない。滝本良子の手が股間《こかん》に向かってゆっくりと移動する。自分の肉体から生じているとは認めがたい興奮。気がつくと、ペニスの先端が濡れてしまって、おしっこを漏らしたようになっている。滝本良子は君が抵抗しないことを知るといっそう大胆になった。

「どうしたの？　興奮してるの？　抱かれたいの？　ねえ、もじもじして変よ」

滝本良子は楽しそうに微笑んでいる。彼女の手が君の股間の深い場所へと達する。君は思わず身を引いてしまう。激しい電気的な刺激が全身を駆け抜けた。迫られた時のことを思い出す。あの日、自分はこの人と最後までしてしまったのだろうか？　君の記憶はそこだけが抜け落ちている。認めようとしない理性のせいで、記憶が飛んだ。今、その時のことが記憶の沼地から立ち上がろうとしている。負けちゃダメだ、と君は心の中で訴える。

「あの日のように、してあげようか」

君は反射的に滝本良子の手を払いのけてしまった。ウエイトレスがやってきて、空になったコーヒーカップやグラスを片づけはじめる。滝本良子は君から離れる。君は少女のように俯く自分が許せない。

「ねえ、そこのホテルに行かない？」

「行きません」

滝本良子がじっと君を見つめる。そして、

「私が Key だったらどうするの？」

と言った。

「嘘！　Key のはずがない！」

「どうして、そう言えるの？」

君は急いでKeyから送られてきたメールに何が書かれてあったのかを思い出そうとする。滝本良子がKeyである可能性も含めて、そして何より、Keyのことを彼女に最初に話した時のことを……。滝本良子が君の手を上からそっと包み込む。そして、今までの態度を詫《わ》びるような真剣な顔で君を見つめてくる。

「ごめんね、今まで秘密にしておいて、私がKeyなのよ、内緒にしていてごめんなさい」

嘘です、と君はそれを遮った。そして、

「あなたがKeyなら昨日の最後のメールを言ってください」

と戻す。

滝本の手に力が籠る。君は最後のメールの一行を思い出している。

『これは、愛、です』

滝本良子は瞬きをせず君の目の芯を睨みつけている。眉間に強い筋ができる。半開きの口が尖る。白目に赤い血管が浮き出す。お互いの息が止まった。

「負けたよ。私はKeyじゃない。ただの人妻」

滝本良子は、ちょっとトイレ、と言い残し奥へと消えた。彼女なりの見送り方だろうと判断し、君は滝本が戻ってくる前に店を出ることにした。ウエイトレスが不審な顔で君を見送る。黄ばんで眩い太陽光線が君を出迎える。眩暈に襲われ、思わず瞼を閉じてしまう。朦朧とする意識と光り溢れる網膜の裏側に幻のアンジュが佇んでいた。

無意識ながら君の体は大学へと向かっている。他に行くべき場所を思いつかない。最後の授業からまた一週間ほど大学を休んでしまった。明日は学校に出るか、と念を押した教授とどういう顔で向かい合えばいいのかわからない。でも、もうやめるのだから、構うもんか。

今からなら五時限目の堀内ゼミに間に合うはずだった。背中を押されるように、階段を駆け上がる。何から逃げているのかわからなかった。でも、どこかに辿り着きたい。この世界に安穏とできる場所などあるのだろうか。自分が必要とされる場所などあるのか。遅れて教室に顔を出すと、椎名、井上、中島の三人が少しずつ距離をとって、教授と向かい合っていた。黒岩聡の姿はなかった。君はいちばん後ろ、井上ことみの斜め後方の席に腰を下ろした。黒板に「小説の必然」と書かれてあった。中島敦子が教授の話に口を挟むような格好で質問を繰り返していた。聞いたこともない作家の名前が飛び交い、答える側の教授の語気も強まる。興味のあるやりとりだが、君の作品には必要のない理論。まもなく、井上ことみから紙きれが回ってきた。見て驚く。黒岩聡が大学をやめた、と書かれてある。君は顔色を窺《うかが》う井上に、ほんと？　と訊き返す。井上ことみは小さく頷き、前を見て、と顎をしゃくった。堀内教授が腕組みをして君を睨めつけている。

「そういうことだ。安藤君、黒岩君と連絡取れるかい？」

君は力なく、かぶりを振ってみせた。

「まあ、いい。もしも連絡があったら、一度電話がほしい、と伝えてくれないか」

「はい。わかりました」

不意にやめた学生のことでこの気の弱い教師は心を痛めている。中島が質問を繰り返しているのは彼女なりの心遣いなのかもしれない。


授業が終わると井上ことみに呼び止められた。

「驚いた。ぜったい君の方が先に大学やめると思ってたから」

君は牛丼屋で黒岩と話した時のことを思い出す。とくに変わった様子はなかったが、教授への不満を漏らしていた。それが原因かもしれない。だからといってそのことを誰かに言う必要もないような気がする。学ぶことがないと思ったら、次へ向かう方が正しい。どうせ自分も後を追うことになるんだし。教授のために大学に残るのは間違っている。人生は一度しかない。

「なに？　なんでほくそ笑んでいるの？」

「別に。なんとなく、人生ってさ、人それぞれだね」

井上ことみが、変な人、と呟き、微笑み返してきた。

「ぼくもたぶん、もうすぐここを出る」

ことみの口元がぎゅっと引き締まった。

「とくに計画はないけど、やめないと次がはじまらない気がして。町に出ろって堀内先生が言った言葉、そのまま受け止めようかなと思って」

「あと一年で卒業じゃない。君たち男子って馬鹿？」

「ぼくのこと、男として見てくれるの？」

「当たり前でしょ？　君、女なの？　男らしく生きなさいね、もっと」

同時に吹き出してしまう。白魚の性欲という隠喩名だった井上の別の一面を感じた気がした。実際には頼もしい母親のような女性なのかも。

「うん、ありがとう」

井上ことみが行きかけたので君はその背中に声を投げつけた。

「ねえ、白砂緑には君から言っておいてもらえないかな、ぼくはもう部会には顔を出さない。たぶん、このまま大学をやめるからって」

「わかった。光一君、達者でな」

振り返りながら井上ことみが笑顔で手を振った。

「え？　あ、ちょっと待って。ええと」

あっさり別れを口にされたので、戸惑い、思わず呼び止めてしまう。

「なんで、『月の会』なんてあるのかな？　誰も月について話さないし、飲み会のサークルにすぎないのに」

「そうね、『月の会』という響きにみんな騙されているだけだと思う。月には闇の部分があるじゃない。ダークサイドオブザムーン。本当は月の闇を見つめる会としてこのサークルははじまったのね。光りの射さないところにこそ本性がある」

「そうなんだ。知らなかった」

「この部を創設した先輩たちは黒魔術とか、占星術とか、悪魔崇拝とかに本当は興味があった。

でもそれじゃあ、大学は認めてくれないので、『月の会』という名前を表にして活動をはじめたの。白砂緑はそれを受け継いでいる。知らなかった？」

「知ってたの？」

「知ってたよ。だって、私、魔術師だもの」

少女小説を書いている井上ことみらしい発言だったので、君は納得し、微笑み返した。けれども、井上ことみは笑わず、そのまま踵を返すと静かに立ち去った。君は、大学をやめることを、その時、決めた。決めた途端、大学が蛻《もぬけ》の殻のただの建造物に思えてしまう。携帯が鳴った。ポケットから取り出す。黒岩聡と液晶画面に表示されていた。

「驚いた？　悪かったねえ、驚かせちゃって」

開口一番、居酒屋の隅っこの席で黒岩聡はニヤニヤ笑いながら言った。なんの後悔も心残りもないような清々しい顔で。気持ち悪いほどに元気で、会うなり肩を叩かれ、暗いな青年、と笑われた。

「驚きましたよ。急なんだもの」

「そういうもんでしょ。サバサバしてる」

「そういうもんなんですね。大学をやめるということは……。堀内先生が可哀想《かわいそう》でした。電話ほしいって」

「あ、もういいよ。こういうのは何も言わないで出てった方が自然。その方が、お互いのためでもある。それに俺がサバサバしているのは大学やめたからだけじゃないのよ。ほら、見て」

そう言って、黒岩聡は鞄《かばん》から文芸誌を取り出し、捲《めく》った。探し当てたページには最初から栞《しおり》が挟まれてあった。見出しに第一次予選通過作品と書かれてある。

「まさか、そこに？」

「入ってるよ。でもこれはさ、第一次通過作品であって、このあと、第二次があり、最終の候補作品が選ばれるという寸法。でも、実は少し前に編集部から電話があって、最終候補に選ばれちゃったのよ」

「マジですか？」

思わず、自分でもびっくりするくらい大きな声が出た。居酒屋ははじまったばかりでほかに客がおらず、働いている従業員たちが振り返った。黒岩聡はすっかり受賞者気分だ。

「今日は俺の奢《おご》り。飲もう。がんがん飲め」

「はい、おめでとうございます」

「いや、まだ。わからないよ。ただ、候補だもの。俺と同じような気持ちのやつが日本国内に五人はいるわけで、まあ、たぶん、受賞するのはその中から一人、もしくは二人」

黒岩の目が遠くを見据えていた。君にはその眼光が眩しかった。それは居酒屋の壁を突き抜け、駅上空を越えて銀河の果てへと達している。

「どっちにしても、もう大学で学ぶものはない。先生も言ってたじゃん。町に出ろって。だからさ、受賞する、しないに関係なく、作家人生まっしぐらのためにも、つまりもっともっと小説に集中するためにに、大学をやめることにしたのよ。親の了承もとったし、アルバイトも最低限に絞って、作家一本で食っていける人間になる宣言よ、今夜はお前と」

「すごいな」

そう言ったあと、君は緑に言われた「無能」という言葉を口の中で転がしてみた。微笑んでいるのに顔のどこかが固まったまま。自分はどこへ向かっているのだろう。目標のある黒岩が羨《うらや》ましかった。


深夜まで酒に付き合わされ、君は泥酔した。駅前で黒岩と別れ、覚束ない足取りでアパートに戻った。マナの部屋の灯りは消えていた、忍び足で階段を上がり、鍵を取り出し、静かにドアを開けて中へ入る。ドアの鍵をかけようと思ったその時、甘い声が聞こえた。少女の声にも聞こえたが、耳を澄ませると、呻き声であった。君は振り返り、部屋の中を見回すがもちろん誰もいない。気のせいかなと思って靴を脱いでいると、もう一度、

「あァ」

と今度ははっきり喘《あえ》ぐ声が聞こえた。

胃袋の底から発する声をのど元で必死に押し殺そうとして、思わず半開きの口元から漏れたような、切ない喘ぎ声……。次の瞬間、何かが壁に当たる音がした。肉体の一部が壁に当たったに違いない、と君は想像する。

「あァ、だめ」

声はマナのものだった。僅かに掠れて甲高い声。男でも女でもない中性的な声音。君は不意に心臓が激しく高鳴るのを覚えた、淫《みだ》らな空想が頭の中を支配し、動けなくなる。ごそごそと壁に肉体を押しつけるような衣擦《きぬず》れの、卑猥《ひわい》な音までが続く。

「あッ」

振動とともに、声も途切れた。もう一度、ごん、と壁に何かが当たる音がした。どのような格好で、何をしているのか、をつい想像してしまう。開いたマナの足が壁に当たっているのだろうか。だとすると、彼女としているのは、誰?

「ッ、あッ、ああ」

声が急に高くなる。薄壁一枚挟んだ場所でのこと、微かだがもう一人別の人間の存在が感じられる。でもその主《ぬし》は声を出すのを必死に堪えており、隙間風《すきまかぜ》のような唸《うな》り声だけが、マナの声に絡まって届いてくる。

「待って、待って、聞かれちゃう」

マナが抵抗している。君はベッドに上がり、壁に耳を押しつけた。壁と耳が一つになる。壁一枚挟んで、自分の横でずっと添い寝をしていたマナが今誰かと関係を持っている。興奮しながらも、胸が苦しくなる。そのせいで、逆に激しい欲望に襲われ、君自身の下半身が鋼鉄のように屹《きっ》立《りつ》する。君は壁に耳を押しつけながら、自分の肉体を抱きしめた。滝本良子の赤い唇を思い出す。白砂緑の艶めかしい目が頭の中で明滅する。

「やめて、いャ。……お願い、聞かれちゃう」

マナは拒否しながらも、その声は相手をしっかりと受け入れている者の声にも聞こえた。どのようなことが壁の向こうで行われているのか、君は妄想する。男性の肉体を持ったマナが誰かに犯されている。その相手は男だろうか、女？　息が苦しい。肉体が熱い。ペニスが今にも破裂して壊れてしまいそう……。

「ああ、もうだめ。おかしくなる」

ベッドの軋む音が激しくなった。君は右側の耳を壁に押しつけた。口を開いたまま、声を漏らさぬよう我慢しながら、耳を澄ませた。う、う、う、と刺される痛みをマナは堪えている。ベッドがさらに軋み、続いて、ごん、ごん、と頭部らしきものが壁に何度もぶつかる音がした。そのたびに君は壁から耳を離し、目を見開いて闇を睨まなければならなかった。薄い壁を挟んだすぐその向こう側で行為がなされている。見えないのに、まるで目前でくり広げられているような、生々しい迫力。マナの相手の、乱れた呼吸音も聞こえる。次第に速度が増していく二人の関係に、君はついに我慢できなくなって、ジーンズのジッパーを下ろした。そして中から硬直したはちきれんばかりの性器を摑み出し、握りしめた。激しい刺激が頭頂部へと駆け上がる。左手で壁に手をつき、右耳を壁に押し当て、右手を強く握った。ごん、ごん、ごん、と音が絶え間なく続く。マナの肉体、頭部か、足か、どこかが壁に押し当たっている。絶頂へと上り詰めていく様子が壁全体を震わせる。ペニスを摑んだ手が勝手に動きはじめる。痺《しび》れるような電流が細かく何度も何度も突き上げてくる。男性の自分がそこにいた。男性的欲望が張り裂けそうに膨らんでゆく。左手をベッドにつき、耳を壁に押し当て、朦朧とする頭で強い刺激の興奮を受け入れた。さらに強く、どん、どん、どん、と壁にマナがぶつかった。強いられているその体勢が気になる。

マナ、君は誰と？

ギシギシとベッドがさらに激しく、壊れるような音をあげた。そして、獣のようなマナの、たぶん、相手にしがみついているのであろうポーズを想像させる声が迸《ほとばし》った直後、

「ああー」

と絞り出す、甲高い相手の声が壁を震わせた。それに合わせてマナが、ああ、もうだめです、と叫んだ。次の瞬間、君は堪え切れずに射精した。膨らんだペニスから男のエレメントが噴き零れた。見えている暗闇《くらやみ》が一瞬で真っ白に変色し、君の後頭部が後ろへと向かって強く引っ張られた。自分の左手で自分の口を強く押さえ、我慢しきれず皮膚を嚙みながら、君は重力に手繰り寄せられながら、ゆっくり傾斜していった。

マナの声が遠ざかっていく。君は汚れたベッドの上に崩れ落ちた。自分の精子が冷たかった。そのまま、涙を流しながら、気が遠ざかるのを覚え、ついには眠りへと落ちてしまう。


あらゆる混乱を鎮めるために、君は部屋に籠って小説の推敲《すいこう》を続けることにした。君は悟りへと向かう僧侶《そうりょ》のように、ただひたすら小説とだけ対峙《たいじ》した。書くことが、唯一、自分を救う道のような気がしてならなかった。これを完成させないと大学をやめることも、次のことをはじめるにしても、この世界との関わり方も、マナとのこれからも、何もかもがうまくいかないような気がしてならなかった。何度も何度も小説を読み直し、細かい言葉づかいや漢字や文法の間違いを

見つけては細やかに丁寧に慎重に直していくのだった。それはまるでほつれた自分の心をきれいに縫い合わせていくような細かい作業でもあった。空っぽだと思っていた自分の中に深い井戸が存在していたことを知って驚きもした。涸《か》れていた井戸に水が再び溜まりはじめている。

マナの悶《もだ》える声が君を何度も誘惑してきたが、小説に没頭することで、君はそれを振り切って走った。涅槃だ、と君は自分に言い続けた。欲望が強くなると、ヘッドフォンをしてニルヴァーナの音楽に身を委ねた。煩悩の火を消して、叡智《えいち》が達成した悟りの境地に辿りつく必要があった。ボリュームをあげ、カート・コバーンの叫び声を受け止めた。そして、無心で、夢中になって、向かい続けた結果、君はついに、はじめての作品の最後の一行へと辿りつく。君は自分が物語の出口に立っていることを知って、不思議な感慨と達成感を覚えた。自分の中に存在するアンジュと決着をつけるための自伝小説「鏡台の城」の完成であった。当然のこととして、君はそれを誰かに読んで批評してもらいたい、と思うようになる。堀内教授を最初に思いついたが、躊躇った。白砂緑だろうか？　黒岩聡？　いいや、マナ？　マナがいちばん適任な気がしたが、悩んだ末にやめた。作品を冷静に読むことができる人間……。君は不意に閃き、その思いつきに興奮し、それをメールに添付して、Key へと送った。まるで文学賞の新人賞に投稿するような気持ちで。

5

翌朝、メールボックスにKeyからの返信を見つけ、君は思わず歓喜の声を張り上げてしまう。まるで、文学賞の候補にでも選ばれたような……。期待と不安と後悔と希望が入り交じった瞬間でもあった。君はクリックした。そして、そこに書かれているメッセージを何度も何度も読み返すことになる。

『アンジュ、
　おめでとう。

君は素晴らしい仕事を終えました。

私がその第一の読者になることができたことを誇りに思うし、まず私にこの作品を送ってくれたこと、心から感謝させてください。

まだ、文章のあちこちに生硬な部分が目立つのは仕方がないことです。

でも、それ以上にこの作品は私の心に深く強く突き刺さってきました。

望まれて生まれたわけではないこの主人公は、母親の遺留品ともいえる化粧品を自分の顔にぺイントしながら、自分自身を創作し続け、新たな人生を獲得してゆきます。別人へとトランスフォーム、変態させる過程の描写は丁寧で、この不穏で不安で不誠実な世界との和解そのものです。そして、この作品のもっとも優れているところは、主人公が世界に対して憎しみを抱いておらず、むしろ、産み落とされたこの薄汚い世界とさえも、ともに生きていこうと決意する清々しさ。物質が溢れるこの文明社会で、主人公が精神の細部に目を向け、憎しみ合う人間たちの中にも、一縷《いちる》の希望を見つけ出そうとしているところは、逆にぐっと心に迫ってきます。ジェンダーの置き場所に悩みながらも成長を続けた主人公は、確かな光りの出口を見つけてそこへと向かいます。主人公は君自身であり、そして君の未来の姿でもあります。

君にこのような才能があったことを知ることができて、私は感動しています。

ありがとう、アンジュ。そして、光一。

Key』

君は慌ててKeyにメールを送った。作品を認められたことで、長いトンネルを抜け切ったような安堵を覚えながら。このタイミングで会うしかない。

『あなたに今こそ会いたい。この小説はあなたに届けるために書いた作品だったと思います。それをあなたが認めてくれたのだから、どうか、会ってください。今すぐにぼくの前に現れて、ぼくを楽にさせて。とにかく、気がどうにかなりそうなんです。助けてください。あなたの言うことにはなんでも従います』

まもなく、返信が届く。

『わかりました。じゃあ、迎えに行きます。なんでも従うのね？　じゃあ、アンジュになって、可愛い女の子になって、待っていなさい』

迎えに？　ここに迎えに来るのですか、とメールを送ったが返事は戻ってこなかった。一時間待っても、二時間待っても誰もやってはこなかった。君は鼻で笑い、ベッドに横になり、目を閉じた。隣室から聞こえてきたマナの生々しい喘ぎ声が脳裏を掠める。欲望、匂い、妄想、感触、痛み、悲しみが蘇った。君は意識を集中させて、耳を壁に押しつけてみる。何も聞こえてはこなかった。壁と耳の間の僅かな隙間を流れる空気の微細な振動だけが鼓膜を擽《くすぐ》った。いるのか、いないのか、わからなかった。普通であれば学校へ行っている時間。君は再び大の字になって天井を見つめた。何もない君は今まで以上に底なしの空洞感に苛まれていた。本当に何もなかった。それは現実の伽藍《がらん》であるともいえた。

いつしか眠りにつき、夢の中にいたが、どこからか君を呼ぶ声がする。蜃気楼のような場所を君は彷徨い歩いている。光りが瞼を押した。ドアをノックする音が君を呼び戻す。とんとん、と

んとん、と誰かが小さくノックする規則的な音が室内に乾いた音をもたらした。半身を起こし、ドアを見つめる。Keyだ。一瞬にして覚醒し、跳ね起きると、ドアの前まで走った。

「はい！　今、開けます」

急いでチェーンを外し、ドアを勢いよく押しあける。そこにいたのはマナであった。君は驚きながらも言葉を発することができず、ただ、立ち尽くした。心臓だけが、動かない肉体の中にあって、激しく鼓動を刻んでいる。一瞬、意識が遠ざかりそうになる。鼓膜が引っ張られ、自分の魂が、脱皮しそうになった。

「迎えに来ました」

ようやくマナが口を開いた。君の心臓は、魂は、心も、もしかすると破れてしまった。一瞬、目の前が暗く落ち込んで、すとんと消えてなくなっていくような感覚を覚えた。それから、誰かが落ちたヒューズのボタンを元に戻したのか、今度は不意に光りが広がって目の前が明るくなった。

「大丈夫？」

マナが言った。君は瞼を一度ぎゅっと閉じてから、

「え？　じゃあ、き、君がやっぱり、Key？」

と訊き返した。マナは力なく、でもきっぱりと首を左右に振ってみせた。

「違う。この前言ったように、わたしはKeyじゃないのよ。でも、Keyのことはよく知っているの。縁があって、わたしは彼女と知り合った。彼女が主宰するある会で見初《みそ》められて、わたし

は彼女の弟子ではないけれど、彼女の考えに同調するスタッフとなった。だから、この大事な役目はわたしの元へと回ってきた。わたしが君を彼女のところへ連れていきます」

「そうか、君たちは最初からグルだったんだ。だからぼく宛《あて》の荷物が君のところに」

「グルといえばグルかも。でも、君がわたしの隣で暮らしていたことは本当に偶然なの、そこだけは信じてほしい。小説の世界より、現実の世界の方が、実際には何倍も奇跡や偶然が起きている。ただ、そのことに人は気がつかないだけ。あなたという存在は奇跡、人間の数だけ奇跡が存在している」

「どういう意味？」

「そういう意味よ。Key に会いたい？」

何がなんだかはっきりとしないまま、君は頷いている。

「ちょうど、今日、渋谷で彼女が主宰する会の集まりがある。でも、限られた者だけが入ることを許された会。そして、そこに入るには一つのルールがある。男は男の格好をしてはいけない、女は女の格好をしてはいけないの。君は当然、アンジュになって行くことになるけど」

「どういう集まり？」

「Key が主宰する、第三の性を考える会よ。平気かな？」

君は Key に会いたい一心で、頷く。

「女装外出することになるのよ。はじめてだと人の視線がとっても気になる。恥ずかしくて恥ずかしくて、心が破けそうになるけれど、それでも平気？　Key はアンジュになった君と会いたがっている。彼女は君をその会の新しいシンボルとして迎えたいと思っている。わたしは賛成できないけど、でも、それは君の自由。嫌なら、やめてもいいんだけど」

「いや、行きます」

君は即座に返事をした。アンジュになって会う方がお互い自然だし、アンジュを目覚めさせたのはKeyなのだ、と君は自分に言い聞かせる。そのKeyと最初に向かい合うのは自分じゃなく、アンジュの方が適任……。

「わかった。じゃあ、連れていきますね」

マナと再び視線がぶつかる。女の子の中に男の子がいる。いや、男の中に女がいた。


君はマナの部屋で再びアンジュに変身することになった。足のすね毛を処理し、爪《つめ》にマニキュアを塗った。マナが持っている衣類の中から着れそうなものを選んだ。ユニットバスで裸になって下着をつける。マナが手伝った。顔のうぶ毛を剃り、丁寧に洗顔をする。仕上げはマナの手によるフルメイク。デパートの美容部員のように慣れた手つきでマナは君の顔を女性のそれへと変えていく。次第に、自分が自分ではなくなっていくのを、不思議な感覚とともに君は見守る。ベッドの上、脱ぎ散らかされたマナの衣類が、まるでパッチワークのように広げられている。そして、君の部屋と繋がる、あの壁。あの日の興奮が君をぎゅっと包み込む。マナの愛くるしい喘ぎ声が脳裏を掠める。どのようなことが行われていたのか、想像し、君はマナを直視できなくなる。マナの指先が君の唇に触れる。リップが塗られる。君はあの夜のことを訊けない。盗み聞きし、最後に射精してしまったことを思い出しながら、顔を赤らめてしまう。

「どうしたの？」

「ううん、なんでもない」

変なの、と言いながらマナは最後に君の顔に粉をはたいた。

「できた、見る？」

「うん」

マナが鏡を君の前に置いた。目を開いて覗き込むと、アンジュがいた。

「麗しのアンジュ、また、会えたね、ようこそ」

マナがアンジュに向かって微笑みながら、挨拶をした。


マナのロングブーツを借りることになった。黒のストッキングを穿いた足先が冷たいブーツの中に忍び込む時、厚い靴下とは違う、薄手のストッキングの、そのスースーとした感触と肌触りとによって、君は自分が女性になってしまったことを悟る。マナが君の隣でハイヒールに足を入れる。

「じゃあ、行くよ。大丈夫？」

「わかんない。ドキドキする」

「いい？　一歩外に出たら、君は男子じゃないということを忘れないで。仕草も、声も、雰囲気も女性にしないとだめ。そうじゃないと世界に違和感、衝撃、不愉快、誤解を与えてしまうことになる。睨まれちゃうわよ」

「できるかな」

「しなきゃ。Key がいるところまでは、電車にも乗るし、降りたら駅から目的地までは歩いて十五分から二十分はかかる。センター街を抜けないとならないし、大勢の人とすれ違う。あとね、もし、トイレに行きたくなっても男性のトイレには入れないのよ」

「え？」

「そりゃあ、そうでしょ？　フルメイクして、女装なんだから、いいこと？　男子トイレには入れません。襲われちゃうよ。何もかも女性と同じにしなきゃだめ、女性と同じ気持ちで行動し、発言し、挑むこと。わからないことはわたしに訊いて。導いてあげるから」

「うん、わかった」

　そう返したものの、君はどうしていいのかわからず怖気《おじけ》づいた。マナが押し開けたドアの向こう側へ出ていく勇気はなかった。マナは君が踏み出すのをじっと待っている。

「君次第、無理強いはしない。嫌だったら、辛かったら、乗らなかったら、やめてもいいよ。また今度にしてもいい。Key はいつまでも待つと思うよ」

「大丈夫、行くよ、もう待てない。今すぐに会って確かめたいことがたくさんあるんだ。今日、会いに行く」

「その声、それじゃだめ。少し高めに、そしてか細く、女性らしく。できなければ、囁けばいい。囁くように喋れば、少しは女性らしくなるから」

屈辱を感じる。纏っていた鎧《よろい》を脱ぎ捨て、裸よりも裸の格好で歩くことになる自分を想像してみる。君はマナに渡されたポシェットを握りしめ、ついに一歩、新世界へと踏み出してしまった。頭に血が昇り、逃げ出したくなった。こんな姿で外を歩くだなんて本当にできる？　マナが君の腕に自分のそれを潜《くぐ》らせる。

「じゃあ、行きましょう。大丈夫よ、ほら、わたしがついてる」

ひんやりとした外の世界、足元から冷気が昇ってくる。異次元が広がる未踏の地、何が潜んでいるのかわからない不気味な世界。膝小僧が直《じか》に空気と触れて、君を心細くさせる。ワンピースの下には、Tシャツもジーパンも存在せず、恥知らずな地肌が露出している。パスポートを持たず異国の国境沿いの危険地帯を彷徨い歩いているような、または親からはぐれた子供、あるいは携帯をなくしてしまった心細さ、貯金ゼロ、まるで記憶を失った人間のような、不安……。悪魔が、君のふくらはぎをさすってくる、君の項を舐《な》めてくる、君の体に触れてくる。穿いているスカートが膨らんで、隠さなければならない恥部が暴かれそうになり、君は慌てて、スカートを上から押さえつけてしまう。息ができない。興奮しすぎて、思考が停止してしまう。自分なんてものが最初から存在していなかったことを、今さらながらに思い知らされた恐怖。恥ずかしさを通り越し、尊厳が否定され、裸以上に裸に近く、君は君を探しながら、闇の世界を凝視する。

アパートを出て、街灯の明かりが照らす住宅地の路地を、マナと二人でなんとか歩きはじめた。

いっそう冷たい風が股間に纏わりつく。そのせいで、大股《おおまた》で歩くことが許されない。小さめの一歩を、細かく細かく繰り返した。自然に、つま先が内側を向き、膝小僧が膝小僧とぶつかる。激しい緊張と奇妙な恥辱によって、少し歩いては立ち止まり、深呼吸をしなければならなかった。ひと目が気になり、きょろきょろ周囲を何度も見てしまう。なのに、焦点が合わず、視線はどことは言えない場所をうろついてしまう。のどが渇き、唾《つば》さえも飲み込むことができない。苦しくなってのどを鳴らすも、それが疑うことなく男子のそれなのに驚き、誰かに聞かれたのではないか、と慌てて背後を振り返る。暗闇の中に放り出された幼児のごとく、泣きだしそうになる。

「平気？」

「平気じゃないよ」

「でも、大丈夫そうじゃない？」

「まさか、倒れそうだよ」

「引き返す？」

君は一瞬悩んでから、

「行く」

とだけ戻す。

マナは女装をして生きている。毎日、女の格好で外の世界を歩いている。慣れればそんなことが可能なんだ、と君は考える。いや、マナは男性の服を持っていない。心が女性だから、平気なんだ。自分は？　自分は女性になる気持ちはない。だから、こんなにも恥ずかしいのだろう。普通じゃないことをしているから、不安なんだ。その境界線はどこにあるんだろう。境界線の先にいったい何が待ち受けているのであろう。戻れない、確かめてみるまでは進むしかない。

まもなく二人は国道に出た。人通りも車の量も増えて、君はいっそう強張った。すれ違う人たちの視線が気になる。視線を避ける。動きが不自然になる。マナの後ろに隠れて歩きはじめる。群衆の中に、素っ裸で放り出されたような屈辱が続く。

「ねえ、今の人、ぼくが男ってわかっちゃったんじゃない？」

「そうじゃない。君が綺麗だから、じろじろ見たの」

「そうかな。すれ違いざまに、笑われたような気がした」

「少し、胸を張って歩いて。そのへっぴり腰が変なのよ。キョロキョロしない。普通の女子のように、気楽に、楽しそうに、歩けない？　優雅に、エレガントに歩かなきゃ。だめよ、おどおどしたら逆に怪しまれる」

駅までの間、マナは姿勢に関して悉く注意をしてきた。

「そんなに不安なら、実験しましょうか？　君が一般の人にとって男性に見えるかどうか？」

そう言うと、マナは君の手をぐいと引っ張って、かつて君がアルバイトをしていたコンビニへと入っていった。君は入口で抵抗したが、客の数人が振り返ったので従った。マナは棚からパンティストッキングの袋を掴み、君に手渡した。

「わたしのためにこれを買って」

「できないよ」

「声が男性になってるよ。レジで、これくださいって、優しい声で言いなさい。大丈夫、君ならできる。ここで度胸をつけておかないと、電車になんか乗れないよ。いい？　君はこれから電車に乗るの、そのためにはもっと度胸をつけなけりゃ」

「ばれたら、警察に突き出されない？」

「大丈夫よ。ほら、わたしだって、こうやって生きてるじゃない。さあ、勇気を出して、これを買ってきて」

　レジに立っているのは顔なじみの店長だった。

「無理だよ、あいつ、よく知ってるやつだし」

「じゃあ、なおさら、テストになる」

　マナに背中を小突かれた。君は覚悟を決め、昔のボスの前に立ち、これをください、と告げた。店長と目が合ったが、意外なことに微笑まれた。店長は機械的にレジを打った。君は商品とお釣りを受け取った。何も起こらない。ぼんやり立っていると、

「はい、次のお客様、どうぞ」

　と店長が声を張り上げたので、君は慌てて入口で待つマナのところへと走って逃げた。くすくす、マナが笑う。君はきょとんとした顔で、背後の店長を振り返る。まったく気がついていない。

男だとさえも気がついていないようだ。コピー機の横のガラス窓にアンジュが映っていた。最初はそれが自分だとは思わなかった。誰かに見破られた、と焦った。でも、それは自分だった。暗い額縁に入れられたもう一人の君。そこに自分の痕跡があった。君は小さく手を振ってみる。アンジュが君に声援を送っている。

「ほら、誰も気がつかない。自信を持ちなさい。女にしか思われてないんだから」

「なんでかな」

「その声、だめ。女の子になりきらないと。わかる？　世界の中に溶け込むの。男だとか、女だとか考えちゃいけません。世界そのものになるのよ」

「世界、そのもの」

「ええ、本来の、野性の、君が君でいられるような」

二人は駅の券売機で、帰宅する会社員や学生たちの中に交じって、切符を買った。その時、背後に気配が走った。流れ込んでくる別の風が君を再び慌てさせる。誰かが君たちの前へと回り込んできた。

「あ、やっぱり、マナじゃん」

古川学と同じゼミの男子学生だった。名前は思い出せないが、一度か二度、君も言葉を交わしたことがある。学生街なので、改札の周辺に学生が屯《たむろ》している。井上ことみや白砂緑がいないことを君は願った。マナが男子学生と話をしている間、君は俯き小さくなって待たなければならなかった。マナはわざと君に試練を与えた。背中を向けていた君の腕を引っ張って、男子学生の前に引っ張り出した。

「なんだよ、可愛い子と一緒じゃん。紹介してよ、うちの大学の子？」

「高校の時の同級生。どう？」

「めちゃ可愛い、ねえ、名前なんての？」

君は俯いて、答えられない。

「恥ずかしがり屋なの。名前はアンジュ」

マナが答えた。男子学生は笑う。

「アンジュ？　日本人？　外国の人？　あの、アンジュさん、はじめまして、斎藤です」

君はこくりと頷き、横を向いてしまう。

「あのね、アンジュは香港《ホンコン》から着いたばかりで疲れてるの。また、今度紹介するから。それに、ちょっと今、急いでるし」

「香港？　すげえ。わかった。じゃあ、また。あ、どうも、あのよろしくです。ええと、俺、斎藤公平、いやあ、君、可愛いね」

男子学生は君の顔を覗き込みながら、笑顔で言った。君は顔を赤らめながら、どきどき、落ち着かずに頭を下げた。マナが君の腕に自分の腕を絡ませ、引き寄せた。

「可愛いって」

耳打ちした。

「からかうな」

君は小声で戻す。

「だめ、女の子の声で」

「からかわないで」

「そうよ、すごい、やればできるじゃん」

マナが振り返った。君も背後を確かめる。斎藤という名前の男子学生が笑顔で手を振っている。マナが吹き出す。


「さあ、電車に乗るのよ」

「もう、ダメ。戻りたい」

「ここまで来たのに、ダメよ。ほら」

背中を押され、君は改札を潜った。すれ違う人たちはもう誰も君を見ていない。君は風景の中へと同化した。マナが言った、世界の中に溶け込む、ことに成功したのだ。もちろん、一人の女性として。


都心へ向かう電車は混雑してはいなかった。それでも同じ車両に二十人ほどの乗客がいた。君は中央の扉のそばに立ち、できるだけ人と目を合わせることのないよう、じっと外の景色だけを眺めて、存在を潜めることにした。夜景の中に女の自分、アンジュが映り込んでいる。横にマナがいた。水彩絵の具が滲むような夜の風景の中、二人ともワンピースを着ている。けれども、少なくとも君の肉体は男。冷静に観察をすれば、男の匂いを完全には消し切れてはいない自分がいた。ぱっと見は女性だが、肩、項、態度、そぶり、腰回り、腕回り、気にすればいくつもの違和感を発見することができた。もっと男の気配を消さなければ、この世界に溶け込むために……。

「心配しないで。もう、大丈夫」

「でも、やっぱり視線が気になる」

「そんなことない。もしも、君をじっと見ている男性がいたら、それは女性としての君に興味がある人よ。君を抱きたいと思っているの」

「そうかな、あの、扉のそばの男の人は、ぼくが男だって気がついているような気がする。さっきから、そういう視線を感じるもの」

「どれ？」

マナが振り返った。扉のそばの中年の会社員が視線を逸らす。メガネの奥に、独特の観察眼を隠し持っていた。君はそこに探偵の視線を察知する。

「かもね、あの人はもしかするとわたしたちが男だって気がついてる」

「どうしてわかるの？」

「勘よ。世界にはいろいろな人がいる。女の格好をする男子が好きな人も中にはいる。それを見破るのを楽しみにしている人もいる。いいんじゃない。それならそれで、わたしたち、生物学的には女性ではないのだから、仕方がないよ。でも、わたしはこれが本来の姿なんだから、恥じることはない。君は初心者だから、無理だろうけど、それに、無理に女になる必要はない。遊びでいいんだよ。男子と女子を往復できるミュータントであれば、いいの。あの扉の男性はそういう新人類が好きなだけ。お互い差別をするのはやめましょう。この世界をもっと寛大に認めていかなければ」

マナが君の瞳を優しく覗き込んだ。君はマナの喘ぎ声、壁を叩く激しい行為のことを思い出す。君がじっとマナの瞳を覗き込んだので、マナが珍しくたじろいだ。

「あの、マナのことをもっと知りたい」

君がそう告げると、マナは小さく頷いてみせた。

「ねえ、君は自分ではどう思っているの？　女性？　それとも男性？　ごめん、差別心で聞いてるんじゃない。でも、君の口からそのどちらであるのかを聞いてみたい」

マナはじっと君を見つめて、こう告げた。

「どっちでもない、わたしは、自性。自分の性を持っている」

君は思わず心を鷲掴みにされてしまう。何よりも、その単語を発した時のマナが今までいちばんかっこよく、自然で、美しかった。

「火事の夜、君の部屋で過ごしたあのひと時はわたしの生涯の中でいちばん美しい時間だった。安らぐことができたし、何より目の前にわたしの理想的な人、うん、たぶんね、君が現れて、火事への恐怖も薄れた。あの日からわたしは君を慕い続けてきた。君の恋人になることをずっと夢見て生きてきた。でも、それが叶《かな》わない夢であったことを悟った。うん、悟りつつある。わたしがどんなに女らしくなっても、わたしは完全な女性になることができない。君は女装が似合うけど、実際には普通の男子、最後は緑さんのような子を選ぶような気がする。わたしの、肉体と心のバラバラは、きっと神様の悪戯。別の言い方をすれば運命なのよ」

「恋人じゃなければいけないの？　友達じゃだめ？　昨日の恋人よりも、ぼくにとって大事なのは、いつも、明日の友達なんだけど」

「へえ、いいね、明日の友達か」

マナの瞳の中に自分がいる。自分の瞳の中にマナはいるだろうか？　君が見ているものは、誰かと抱き合うマナの裸体……。

「どうしたの？　怖い目」

「いや、ええと。……ほら、この前、実はぼく、聞いてしまったんだ。君の淫らな声を、それを思い出してしまって。君は誰かを部屋に招いてた。そして、その人と抱き合ってた。恋人がちゃんといるんじゃないか……、その、盗み聞きしたことは謝らないといけないけど、部屋は狭いし、耳を塞いでも聞こえてしまうよ」

マナは夜空に視線を逃がして、

「弓子が壁をわざと叩いていたのよ。浅岡弓子……」

と言った。

「わたしに君を諦めさせるために、仕組んだの。君が帰ってくるのを待ってた……」

電車が渋谷駅に着き、扉が開いた。マナに手を引かれ、君は車両を移動する。扉のそばに座っていた中年男性が立ち上がり、君に笑顔を送った。君はそれに何も返すことができなかった。マナの相手が浅岡弓子であったことが君を混乱させてもいた。驚きと悲しみと好奇心と不安と衝撃が入り交じって、君は藁人形のようになっていた。

「浅岡先輩だったんだ」

「ええ、だから、男と女の関係だった。安心した？　それともショック？　わたしは弓子と前に付き合ってた。弓子はわたしのような、生物学的には雄で、外見が雌のお人形が好きなの。でも、わたしはそうじゃない。わたしは、うまく言えないけど、普通に生きて、普通に他人と愛し合いたいの。私も人間、心と肉体はアンバランスでも、それでも、普通の恋がしたい。肉体関係なんかなくていい、心が繋がっていさえすれば。だから、弓子とは終わりにしたのに、あの人はずうずうしい。本当は、……たぶん、彼女、君を狙《ねら》っている」

君の手を握るマナの手に力が籠った。二人は大気圏に再突入する宇宙船のように、一つになって、改札の人ごみの中を潜り抜けた。

雑踏の中を言葉もなく君たちは移動する。学生街とは比べものにならないほどの人の群れ。けれども、群衆の中にいる方が、不思議なことに自分を保つことが容易であった。さまざまな世界でさまざまなことを抱えて生きる人たちの中を、君は君なりの不安を抱えながらも、泳ぐように潜ることができた。いつしか、女として、上手に歩けるようになっていた。視線も気にならなくなっていた。まだ、慣れてはいないけれど、恥ずかしさが好奇心へと変質しはじめてもいた。もう一つの世界が目の前に広がっていく。かつて、一度も経験したことのない、大世界。アンジュになってはじめて見ることのできたもう一つの次元、宇宙。周囲も自分もそれまでのものとは違っていた。すれ違う男性たちは君を女性として認識し、中には紳士的に避けてくれる人、気遣ってくれる人、微笑みかけてくれる人たちがいた。自分対世界が、まるで逆転したかのような、奇妙な変質でもあった。

君は群衆の中を進みながら、時々、マナの横顔を眺めた。隣人が見つめる未来が気になる。その目の奥にある悲しい輝きが気になった。彼女が今日までどうやってこの大世界の中を生き抜いてきたのか、が気になった。親や家族や社会とどう和解してきたのだろう。これから先、大学を卒業したあと、どうやって生きていくのだろう。自分のジェンダーと和解していけるのだろうか。誰と出会い、番《つがい》を作るのだろう。浅岡弓子からどうやって離れるつもりなのだろう。彼女の孤独の深さを君は想像し、思わずその手を強く握り返してしまった。

地上に出て、風俗店のネオンが明滅する雑居ビル群の間を進んだ。自分が女装者であることもそのうち忘れ、マナのあとをついていった。呼び込みの若い男性に、うちで働かない、と声をかけられた。会社員風の中年に、カラオケに行こう、と誘われた。しつこくナンパしてくる青年もいた。男では経験できない奇妙な、もう一つの世界、新世界のど真ん中を、君はアンジュとして歩いていた。

まもなく、古びたビルの前でマナが立ち止まる。クラブやライブハウスやバーが同居するテナントビルである。見覚えがあった。

「ここよ。さあ、着きました。驚かないでね、今日は少し賑《にぎ》やかだから」

「ここ、前に」

「うん、でも、今日は貸し切り。主宰者はKey」

言い残してマナは先に階段を上りはじめるのだった。


黴《かび》くさい臭《にお》いが充満する薄暗い階段に、低域のごつごつした音が充満していた。どこかの階で鳴らされるスピーカーから垂れ流されるベース音。まるで巨大なウーハーの中を移動しているよう、と君は思う。階段を上がるマナのふくらはぎが目の前にあった。柔らかそうな足が、一段上るたびに、きゅっと引き締まった。低い音の拡張と筋肉の収縮が君の気持ちを引き締めていく。この階段の上でKeyが待っている。そこに、すべての謎の答えが用意されている。君はあらゆることと向き合う準備ができつつあった。何が起こっても、受け止めよう、と自分に言い聞かせながら、上っている。

マナが「月の奴隷」と書かれた扉を引き開けると、前に来た時と同じ大きな月のシルエットが目に飛び込んできた。けれども、前回と違い、そこには大勢の女性たちが集まっていた。入口脇のベルベットの分厚いカーテンの背後から、人が出てきた。

「やあ、よく来たわね。わあ、すごい、可愛い。本当に綺麗よ、アンジュ」

燕尾服《えんびふく》を纏った、男装の浅岡弓子だった。

「マナ、お疲れさま。アンジュを連れてきてくれたこと感謝します」

「浅岡先輩。……あなたが？」

君は驚きマナを振り返った。マナは俯いている。

「待って、そうじゃないの」

浅岡弓子が君の早合点を遮った。

「私は Key じゃない。彼女はこの中にいます。すぐに、紹介するけど、その前に、マナ、気が乗らない君に、こんな大役頼んでしまってごめんなさい。でも、それは Key のご指名だったので。でも、適役だったようね、無事にアンジュはここにいる」

君は慌ててマナを振り返った。マナは恐ろしい目つきで浅岡弓子を睨んでいる。浅岡弓子もまっすぐにマナを見つめていたが、振り切るように微笑んでみせてから、君へと視線を逸らした。

「今日はいろいろな偶然が重なって、素晴らしい夜になるわ。でも、一つの物語の中で何度も奇跡を起こしてはいけない。奇跡はただ一度、予期したことの先に出現してこそ、大団円を生むことができる。私とマナが Key と出会ったのは必然。ジェンダーを考える者同士、辿ったらそこに Key がいた。でも、あなたが私の後輩だったことは偶然。そして、あなたとマナが隣同士で暮らしていたことは、そうね、もちろん、奇跡。さまざまな必然と偶然と奇跡が重なり合って、実は現実というものが出来あがっている。嫌な人、愛する人、別れる人、あらゆる人々が運命という偶然によって構成されているのよ。今夜、あなたはそのことを実感するはず」

マナが踵を返し、ドアを押し開け、階段を駆け下りていったので、君は閉まる扉を押さえて、慌てて呼び止めた。

「マナ！」

マナが踊り場で振り返る。

「君がわたしを迎えに来てくれる奇跡を信じて、待っています」

そう言い残すと、駆け下りていった。浅岡弓子が君の背中に手を当て、

「さあ、Key に会うのよ」

と優しく告げて、扉を閉めてしまった。浅岡弓子に腕を摑まれ、語り合う男女の中へと引っ張られた。さまざまな人々が笑顔で話し合っている。ドレスアップした女性が多い、品のいい男性もいる。ソファに腰掛け、酔った男女がキスをしている。水着姿の女性を撮影する集団もいる。でも、ほとんどのゲストが、グラスを片手に楽しそうに語り合っている。マナが言った言葉が脳裏を過る。『そこに入るには一つのルールがあるの。男は男の格好をしてはいけない、女は女の格好をしてはいけないの』

浅岡弓子が君に耳打ちする。

「ほとんどが、男の子。女装した男子の会なの。女性もいるけど、生物学的な女子は、きっと私のようにほとんどが男装してる」

浅岡弓子に連れられてフロアの中ほどへと君は進んだ。確かに、よく観察をすると、男装をし

ているのが女性で、女性の格好をしているのが男性のようであった。人々は笑い、中には体をくっつけ合って踊る者たちもいる。品の良いジャズが無分別に人々の間を埋め尽くし、彼らの染色体を結びつけていく。君は、不意に恐ろしくなり、逃げ出そうとする。浅岡弓子が君の腕を摑まえ、待って、と引きとめた。

「せっかく、ここまで来たのに、逃げないで。Key に会いたいんでしょ？」

目の前にはステージがあり、人々が囲んでいる。まもなく、舞台の中央に、白の蝶結びのタイに、黒い燕尾服を着た人物が姿を現した。暗くて顔がはっきりしないが、その人の姿は男性である。浅岡弓子よりももっとしっかりとした骨格を持った男性……。

「注目してください。そこにいるのが、アンジュです」

スピーカーから甲高い声が溢れ出た。前方の人々が君を振り返る。

「みんなに今日紹介できて私は嬉しい。アンジュ、こんな遠いところまで女装で出てきてくれた君の勇気を称《たた》えます」

君はフロア中にいる人々の視線を集めてしまう。

「どう、可愛いでしょ？　今日、はじめてアンジュは女性の格好でこの世界に踏み出しました。もう一度、みんなで彼の勇気を称賛しましょう」

拍手が君を包み込む。華奢で若く綺麗な女性たちに君は囲まれる。白い歯を見せつけるようにして、女たちは笑みを君に向けてくる。

「私が Key です」

背の高い紳士が一段高い場所から見下ろすような格好で告げた。大勢の視線を浴びて、君の焦点は定まらない。目を凝らすが、誰だかわからない。Key？

「どうだった、アンジュ、世界は刺激的だった？　自分の部屋から踏み出した時の、その興奮を、ワンピースの裾《すそ》のエレガントな揺らめきを、女性の下着が締めつける胸元のフィット感を、楽しんだ？　美しくて健康的で可愛らしいアンジュを見つめる人々の視線を記憶に刻んで。君はうっとりするくらいに魅力的、想像性に富んでいる。浅岡弓子に君の写真を見せられた時、私は驚いて言葉を失った。美しい君の存在は奇跡、そしてこうやって今夜ここで君と再会できたこともまた奇跡」

再会？　君は耳を疑う。君は必死に目を凝らす。あなたがKey？　誰？

「男子としても君はとってもチャーミングで素敵でかっこいいけれど、でも、そうやって女の子の姿になるといっそう眩くて見惚れてしまう。ありがとう、アンジュ、何も恥ずかしがる必要はないの。私が君を招いたの、ここには君の居場所があるのよ」

君は浅岡弓子と目が合った。さあ、と弓子が君の背中を押した。君は人々を掻きわけ、ゆっくりとKeyの立つ舞台へと向かって歩きはじめる。君を見つめる人々はみな微笑んでいる。赤い唇、アイラッシュ、ウイッグ、変装した彼らの間を、君はゆっくりと男装の麗人目がけて歩いていく。

「アンジュ、おいでこっちに、私の元に、美しくて素敵で可愛いアンジュ、さあ、私と一緒に世界中の男子を可愛い女子へと導きましょう。君がその象徴になって、さらに多くの若者を導けばいい。そしてこの世界から、男はこうでなければならない、とか、女はこうじゃなきゃいけない、という古い考え方を取り払う。女は子供を産んで、夫に尽くす奴隷ではない。男は一生、身を粉にして会社や男らしさのために働かなければならない奴隷ではない。男も女も関係のない、性差のない世界へ。君がその美しさでみんなの意識を変えればいいのよ。差別や偏見や暴力を受けるかもしれないけれど、挫《くじ》けてはだめ。新しいことは常に批判の目にあうもの。でも、私たちは強い信念を持っている。君は女になる必要もない、君は堅苦しい男である必要はない。君は君でいいの。アンジュという今までにないジェンダーに生まれ変わればいい。一緒に、世の中を楽しく面白く変えましょう」

すらっと背の高い紳士が舞台を降り、君の元へと近づいてくる。次第にその顔がはっきりとしてくる。古い井戸には水が溢れようとしている。そして、その水面に映ったのは遠い昔の記憶。ああ、と君は驚き、言葉はそのまま失われてしまう。人々がさっと左右に割れて、そこに道ができる。目の前に懐かしい女性が立っている。記憶から長らく消し去っていたあの人……。自分を産んだ女……。微かな記憶の糸を引っ張り続けると、その奥から巨大な遺跡が姿を現した。そして、埋めていたはずの思い出が、ばらばらだったパズルが組み合わさって完成した途端に、鮮明に蘇る。風呂場で本を読んでいた母、たくさんの書物に囲まれて生きていた母。女性とキスをしていた、写真の中の妖艶な母……。

君の母親は君の目の前で立ち止まり、まっすぐに恥じることもなく、君を見つめた。そして、大きく両手を広げて、君を受け止める準備をした。世界でただ一人の理解者であるかのような柔らかい表情……。君は激しく拒むこともできた。その押しつけるような母性を拒否することもできた。あるいは、いきなり現れていたら、そうしたかもしれない。でも、今の君には許容する力があった。母親は、一歩、一歩、近づいてきて、ついにはフロアの中心で君のことを抱きしめてしまう。強く抱きよせられ、君は意識を失いそうになった。囲む人々から拍手が起こる。どうしていいのかわからない。どうすればいいのか、わからない。自分を産んだ女の胸に顔を埋め、瞬きさえもできなくなってしまう。眩暈がし、心臓が激しく鼓動し、倒れそうになる。必死で呼吸をしながら、Key の胸元のぬくもりを感じた。数メートル離れた場所に浅岡弓子が一人冷静な顔をして立っていた。周囲の興奮の中にあって、浅岡だけが冷静な目で君を見つめている。Key に抱きよせられた君はうつろな表情の浅岡弓子をじっと見つめ返すことしかできずにいた。


人々が三々五々家路についたあと、スタッフが片づけをはじめたフロアの隅のボックス席で、君は Key と向かい合った。君を産んだ女はじっと優しく君の目を見つめていた。柔らかい視線だが、瞳の中心が妖艶に輝いている。男でも女でもない、中性的な存在……。

「何からどう話せばいいのわからないけど、まずは最初に一言、謝らせてください。君にたくさんの寂しい想いをさせてしまった。母親として最低の人間でした。謝って許されることではないけれど、ごめんね」

君を産んだ女が言った。

「君のこと、思い出さない日は一日たりとなかった。君に会いたいと思わない日はなかった。いつだって、ずっと君が心の中にあった。君に会いたい、でも、それはできなかった。許されなかった、このような母親だから……」

君はその女を睨んでいた。一瞬、激しい怒りがこみ上げた。夢の中で泣き叫ぶ子供になっていた。でも、その怒りはすっと、次の瞬間に、頭頂から抜け出て消えていくのだった。ごめんね、という一言を君はずっと待っていたのだ。その呪文が君の頑なな呪縛を解いていった。

「君に会いたくても、君を捨てた女が、幸福な君の人生の前にのこのこ現れてはいけない、とずっと自分に言い聞かせていた。君が大人になって、私のことを理解できるだろう時が来るのをただ、静かに待っていた。一昨年、やっと決意して君のお父さんから君の連絡先を貰った。それでも、君に会いに行くことはできなかった。そしたら、これは偶然、私の前に浅岡と古川が次々に現れた。彼女らはジェンダーの研究を通してこの集まりに顔を出すようになっていた。でも、すぐに点と点が重なったわけじゃないの、歳月がかかった。何かのきっかけで、女の子のような美しい青年が浅岡が部長をしていた『月の会』にいることを教えられる。すると、それが君だった」

男装をした母親の目に、輝く光りが浮かんでは、消えた。すっと流れ落ちる涙の滴は、顎先から宇宙へと零れ、永遠となった。

「古川学は君と同じアパートにいた。偶然と偶然が重なった。私は Key を名乗って君に近づくことを決意する。アドレスは私の前の夫、つまり君の父親から聞いた。アンジュというのは安心の安に樹木の樹と書くの。女の子が生まれても、男の子が生まれても、どちらでも通用する名前を考えたつもりだった。光一というのは君のお父さんが付けた名前。確かに、私は最初女の子を望んだのだけど、でも、実際にはどっちでもよかった。でも、君のお父さんは強い男性の象徴としての名前を欲した。彼の事業を受け継ぐことのできる逞《たくま》しい男児を望んだの。第三の性を研究してはいるけど、実際には、性なんて、問題じゃない。その子がどういう子か、というのが大事。君は優しい子に育った。それは君を育てた新しいお母さんのおかげ、君を守ったあのユーモアのあるお父さんのおかげ、私の出る幕など本当はない。でも、もし、許されるなら、私は君を応援したかった。もう、覚えてないとは思うけど、君が六歳の時、私の口紅を塗って、女の子になりたい、と言い張ったの。お父さんは怒ったけど、私は嬉しかった」

「覚えています」

君がはっきり言うと、男装をした母親は驚いた顔をして、ああ、そうなのね、そっか、と頷いてみせた。

「その後、君は私に、どうして女の子に産んでくれなかったの、と言ったのよ。私は君にこっそりと女の子の服を買い与えた。お父さんの知らないところで君はそれを着た。女の子になりたい、と君は言い続けた。でも、不可能なことだった。私はただ、その時の君にもう一度会いたかった。可愛いアンジュに。成長した君の中に、アンジュの心が残っていることを願った。浅岡が、可能性がある、と報告してきた。だから、こんな手の込んだことをしでかしてしまった」

「いや、ぼくは、でも、アンジュと会うことができて喜んでいるんです。彼女が現れた日のことは一生忘れないと思う。だから、そのことはもう気にしないで」

母親は小さく頷いて、涙を拭った。それから、少し遠くを見て、言葉を選んで紡ぎはじめた。

「私はね、ずっと第三の性について研究をしてきた。もちろん、学問として。同時に自分を正当化するために……。君のお父さんは私のジェンダーについて理解をしてくれている、と、私は思い込んでいた。私が男性を愛せない人間だということを知りながら、私と結婚してくれたんだと思っていた。私は自分の血を分けた子供がほしかったので、彼と結婚をした。子供を産むためには精子が必要だったし、彼は健康的な肉体を持っていたの。そして、私の申し出を理解してくれたので、一緒になった。でも、それは誤解だった。当然のことだわ。君のお父さんは女性を求めた。細やかに家を守る健気《けなげ》なヤマトナデシコを。私がそうじゃない、とわかると、君を私から奪った。いえ、強引にじゃないわ、彼なりのユーモアを交えて……。跡取りが必要なので、息子は自分に引き取らせてほしい、と言われたの。新しく君のお母さんになった人は適任だった。私なんかよりも立派な母親だったし、何より古典的で、人格者で、優しかった。だから、私は君の記憶がまだ曖昧なうちに君の元を離れる決意をした。私はこの通り、普通の男女の恋愛を心に描いたことはない。ずっと、新しい性の関係だけを妄想し、同時に正当化して生きてきた。トランスジェンダーについての研究者となる。そして、こういう会を創設し、行き場のないマイノリティの若者たちを集めて、あらゆる人間に生きる場所があることを説き続けている。正直に告白をすれば、正しいことなのか、間違っていることなのか、わからなくなることもある。でも、私を求めてくる子たちの前で、私は弱みを見せることができなかった」

君は反論も同意もできずにいた。黙っていると、Key が、

「今日は、始発に乗って、一人でおうちまで帰る？　それとも私の家に来る？」

と訊いてきた。

「家に？」

「ここから歩いて二十分くらいの場所に部屋を借りているの。そこでメイクを落として、シャワーでも浴びて、洋服を貸してあげるから着替えていつもの君に戻ればいいのよ」

「それで？」

「朝ごはんでも食べて、帰ってもいいし、私は何も用事がないからしばらくうちにいてもいいし。竜宮城のようなところだから、そこでのんびりすることもできる。なんなら、余計に部屋があるから、そこで暮らしたっていいわ」

「ありがとう。でも、今日は帰ります。まだやらなければならないことがあるから」

君は立ち上がった。Key も慌てて立ち上がる。

「また、会ってください。でも、今度はあなたが産んだ一人の息子として」

Key が頷いた。

「ええ、君は女の子である前に、素敵な男子。無能じゃない。信じられないほどに素晴らしい作家。誰にでも何か特別な才能があるものよ。何よりも、君には世界を魅了するチャームがある。それを忘れないでね」

君は小さく頷いてから、そこを離れた。ドアのところで浅岡弓子が待っていた。

「大丈夫？　送っていってあげようか、駅まで」

彼女が初めて人間味のある言葉を投げつけてきた。

「うん、平気です」

君は元気に返事をした。


外に出ると、夜が明けはじめている。君はアンジュの格好のまま歩きはじめた。でも、何かが君の中で変化を起こしている。さまざまなことが心の中ですっきりとし、腑《ふ》に落ちている。決着はついていた。そして、やらなければならないことがある、と君は思った。


人のいない巨大駅で始発が動くのを待った。ホームに上がって、少しすると電車が滑り込んできて、君の前で欠伸《あくび》でもするみたいにあんぐり扉を開けた。朝の光りが夜の終わりを駆逐しはじめている。うっすらと明けはじめた世界の中で、君は微笑んでいた。朝帰りの若者たちと一緒に、電車に乗り込んだ。同じような格好の女子数名が君の前に陣取った。一人と目が合った。君が微笑んでいるので、相手も微笑み返してきた。その子がすっと君の前にやってくる。

「ねえ、あなた、もしかして、男の子じゃないですか？」

君は笑いながら、でも少し驚き、

「そうだよ」

と戻した。

「やっぱり。だと思った。ビジュアル系のバンドやってる？　可愛い。一緒に写真撮ってもらってもいいですか？」

君は、いいよ、と衒《てら》うことなく言う。なになに、と女の子の連れたちが騒ぎはじめる。車内が騒然となり、みんなが交代で写真を撮りはじめた。光りが満ちると、電車が発車した。君は彼女たちの会話に参加する。違和感はないけど、君は男子としてそこにいた。東京の夜が明ける。そして、また新世界が動きだす。君は新しい君を自覚していた。新しい世界に二本の足で、自分の意思で立っている。少女たちと、遊ぶ約束をし、メールを交換した。

百年後、たぶん、ここにいる人間、君も彼女たちも、そして始発に乗った乗客たちの誰ひとり存在はしない。でも、その精神を受け継いだ新しい人間が同じように、朝方、写真撮影をしているかもしれない、思い思いの格好で。世界はどのように変化していくのだろう、と思いながら、東京のビル群の上に昇る太陽を見つめ、君はこっそりと考えた。今を、この一瞬を大事に生きようと心に誓いながら……。

学園のある駅で降り、君は自分のアパートを目指した。出発した時とは何もかもが、この世界自体が、違って見えた。同じ改札が、出発した時は入口であったのに、今は出口へと変化している。昔働いていたコンビニは朝日に包まれて黄金色に輝いている。銭湯前の公園には色づく季節の樹木の葉が広がり、風に揺れて、一日のはじまりを祝福していた。そして、家々の屋根に寛大な朝日が降り注いでいる。

「ぼくは生きている」と君は呟く。「ぼくはぼくらしく生きる」。世界が君を祝福しているような柔らかい風が吹き抜けていく。

アパートに戻ると、二階へ上る階段の袂《たもと》にマナがしゃがみ込み、膝小僧に頭を乗せて俯いていた。君はマナの横にすとんと腰を下ろした。スカートの下のお尻に階段のセメントが直に触れてひんやりする。それは、女の子たちがいつも味わう気持ち。彼女ら、世界中の女の子の可愛らしさの裏側に、彼女たちのささやかな努力が潜んでいることを、君はこの小さな旅の中でいくつも発見した。

「なんになろう」

と君がマナに向かって元気に告げる。俯いていたマナが顔をあげ、君の方へゆっくりと顔を向ける。二人の視線が朝日の中で交わる。君の口元が緩む。でも、マナは強張ったまま。だから、君は次の大事な一言を隣人に届ける。

「ぼくはぼくになる、きみはきみになる」

マナの顔に明るい光りが走った。目の奥、その果てに広がる荒野に、次の朝日が昇らんとしているのが見える。それはきらきらと輝いて透き通っている。

君は命の瞬きに吸い込まれそうになる。

本作品は「バァフアウト!」２００９年11月号〜２０１０年12月号に連載された「ぼくの中のビアンカ」を改題し、大幅に加筆したものです。

作中の詩は、新潮文庫『中原中也詩集』より引用しました。

〈著者紹介〉
辻 仁成 東京生まれ。1989年「ピアニシモ」ですばる文学賞、97年「海峡の光」で芥川賞、99年『白仏』の仏翻訳語版「ル・ブッダ・ブラン」で仏フェミナ賞・外国小説賞を日本人として初めて受賞。ロックバンド「ZAMZA」のヴォーカリストとして世界各地で活躍中。映画監督最新作は「Paris Tokyo Paysage」。著書に『サヨナライツカ』『太陽待ち』『クロエとエンゾー』など多数。

GENTOSHA

ぼくから遠く離れて
2011年2月25日 第1刷発行

著 者 辻 仁成
発行者 見城 徹

発行所 株式会社 幻冬舎
〒151-0051 東京都渋谷区千駄ヶ谷4-9-7

電話:03(5411)6211(編集)
03(5411)6222(営業)
振替:00120-8-767643
印刷・製本所:中央精版印刷株式会社

検印廃止

Printed in Japan
ISBN978-4-344-01950-8 C0093
幻冬舎ホームページアドレス http://www.gentosha.co.jp/

この本に関するご意見・ご感想をメールでお寄せいただく場合は、comment@gentosha.co.jpまで。